LES GRANDES NACRES

DE LA MÊME AUTRICE

La Voix de Cabo, Intervalles, 2017

CATHERINE BALDISSERRI

LES GRANDES NACRES

roman

julliard

Catherine Baldisserri est représentée par SFSG Agency.
Conception graphique de la couverture : Valérie Gautier.
Illustration de couverture : Caroline Péron.

ISBN : 978-2-260-05604-1
Éditions Julliard – 31, rue Étienne Marcel 75001 Paris

À toutes les Rosalia et Rosalie,
les Marion, Alba, Madeleine et Julia.

Prologue

Fondation Prince Albert II de Monaco, Villa Girasole, le 8 avril

« De nombreuses légendes courent sur le fil de soie marin. Ma préférée est celle que me racontait Efisia, ma grand-mère. La reine Bérénice offrit sa longue chevelure aux dieux en échange de la victoire de son époux, le pharaon Tolomeo. Ceux-ci ordonnèrent à Zéphyr de l'emmener au ciel et de la transformer en constellation. Une nuit, prises de nostalgie, les étoiles s'approchèrent tant de la mer que les grandes nacres leur volèrent une touffe de chevelure et l'emportèrent dans les profondeurs marines… »

La sonnerie du portable arrache Rosalia à son rêve. Elle ouvre les yeux, il fait encore nuit dans la chambre. Inquiète, elle décroche. Les mots du discours qu'elle a prononcés lors de son arrivée à la Fondation Prince Albert II de Monaco se mêlent à la voix aimée d'Efisia.

— Rosalia, tu m'entends ? Mai arrive !

La jeune biologiste a la tête embuée, les membres fourbus. La veille, elle a plongé dans les eaux émeraude de la presqu'île du Larvotto avec ses collègues pour observer les grandes nacres transplantées dans les fonds marins monégasques.

— Efi, je ne rentre que le 19 juin ! répond-elle en réprimant un bâillement.

— C'est en mai et juin que les grandes nacres font leurs plus longs filaments et qu'il faut descendre les voir ! poursuit Efisia, agacée. Les saisons ne sont plus ce qu'elles étaient, ma dragée. En février, dix jours de canicule ont ravagé le maquis. Maintenant avril déverse ses pluies verglaçantes. Arias m'a même dit qu'il a neigé en altitude.

Une quinte de toux l'interrompt.

— D'un jour à l'autre, des pluies torrentielles peuvent raviner les collines, drainer les pierres et les débris de minerai jusqu'aux rivages, jusqu'à nos grandes nacres, reprend-elle d'une voix plus lasse.

— Je sais, Efi, mais ne t'inquiète pas, on a encore le temps. Tu te souviens de l'année où tu m'as initiée ?

Rosalia a cette année-là tatouée dans le cœur. Pas seulement parce que le printemps et l'été avaient réchauffé l'île jusqu'au retour des atours cendrés des forêts.

— Tu avais douze ans, s'écrie-t-elle, c'était à la mi-juin.

— Rien ne presse donc, la rassure doucement Rosalia.

— Mais imagine que les herbiers de posidonies ne les protègent plus, le 19 juin il sera sans doute trop tard, marmonne encore Efisia avant de raccrocher.

Rosalia la rappelle aussitôt mais sa grand-mère ne décroche pas. Elle laisse un message : « N'oublie pas que je suis ici pour elles aussi, Efi ! Tu sais combien l'île me manque, surtout au printemps. Je t'écris vite. Je t'aime. »

I

EFISIA

Bien que cernée par la mer, l'île où vivait Efisia et avant elle ses aïeux, débarqués trois siècles plus tôt d'une grande île voisine nommée Tabarka, était plus agraire que maritime. Les hommes y étaient chasseurs de lièvres, de daims, de mouflons, d'hommes aussi parfois, plutôt que simples pêcheurs. Ils arpentaient sans relâche les monts et les montagnes qui crénelaient les flancs de leur terre insulaire, montant des chevaux puissants qu'ils lançaient à vive allure une fois les plaines en vue. Nombreux étaient ceux qui considéraient la mer comme une bagatelle.

Les femmes de l'île, qu'elles aient vu le jour côté mer ou côté montagne, passaient leur temps à la maison. Jeunes mariées, elles brodaient d'un fil de soie les initiales des familles nouvellement unies sur des draps rêches. L'émotion passée, elles balayaient les sols pavés de tommettes brunes. Elles cuisinaient des pâtes de blé dur, des ragoûts de lièvre. L'été, elles préparaient les conserves de tomates pelées. Certaines se levaient la nuit pour faire le pain. Devenues mères, elles portaient les linges salis à la fontaine, les lavaient, les rinçaient à la force des poignets et les mettaient à sécher. Draps, chemises, pantalons et tissus variés pendouillaient comme les lapins suspendus aux crochets des fermes, leurs fourrures sanguinolentes au revers de leurs têtes.

Les femmes de l'île attendaient le retour de leur homme parti pour des razzias à cheval ou d'autres trafics illicites. Elles attendaient « le mari devenu bandit ». Elles prononçaient ces mots fièrement, orgueilleusement, le buste redressé, la mantille écartée dévoilant des éclats vifs au fond de leurs prunelles. Chez Efisia pourtant, aucun homme ne revenait. Quand les voisines commères avaient droit au retour de leur bandit épuisé, à ses râles de contentement d'homme, chez Efisia seul retentissait le cliquetis du métier à tisser et parfois une étrange mélopée.

Depuis qu'elle avait prêté serment à sa grand-mère, la Pittifatta, sur son lit de mort, Efisia faisait corps avec les grandes nacres. Elle les voyait dans la mer, elle les voyait entrebâiller leurs valves et filtrer toute l'eau impure. Elle constatait, amère, que les saisons n'étaient plus ce qu'elles étaient.

Du temps de la Pittifatta, les pluies interminables régénéraient les sols pierreux et asséchés de l'île seulement après l'été de fournaise.

La Pittifatta partait seule en mer et en pleine nuit à bord d'une barcasse aux planches disjointes. Elle pêchait la grande nacre à la lueur du lamparo. Dès qu'elle se savait, à l'instinct, au-dessus des coquilles nacrées, elle enfonçait un long manche dans les profondeurs. Au bout pendait une corde torsadée à laquelle elle avait attaché un crochet en forme de fer à cheval. Elle s'y reprenait cinquante fois avant de dévisser le mollusque du fond marin. Remonté à la surface, il mourait certes mais cela ne lui serrait pas le cœur. En ce temps-là, les bivalves pullulaient dans les baies aux quatre coins de l'île. La Pittifatta récupérait vingt-cinq centimètres de filaments de byssus.

De retour dans sa cuisine, elle exploitait toutes les parties de la grande nacre. Elle cuisinait le muscle adducteur semblable aux noix de Saint-Jacques. Elle nettoyait les coquilles à l'eau claire de la fontaine, s'en servait comme autant de plats et, avec la nacre à l'intérieur, elle confectionnait des boutons qu'elle cousait, l'hiver venu, sur les étoffes.

Ce fut à la grande fête du thon, au milieu du printemps, que la Pittifatta s'enticha de Vittorio le plongeur, fils de Luigi le corailleur. Autour de tables foisonnant de thons luisants d'écume, de poulpes visqueux et d'anguilles aguicheuses, l'odeur de sa peau lui rappela d'emblée ses virées nocturnes.

Au mois de mai, des bancs de thons remontaient, vigoureux, des profondeurs de l'océan. Ils venaient se reproduire dans les courants chauds de l'île. Ils n'étaient pas seuls, d'autres poissons les accompagnaient. Des pêcheurs astucieux avaient eu l'idée d'immerger des filets au large pour les capturer.

— Les filets n'attrapent pas que les thons, avait dit Vittorio à la Pittifatta après avoir remarqué ses hanches serrées dans sa surjupe rouge, ceinte d'un tablier d'or pour la fête. Alors je plonge. J'inspecte les filets. Je libère les petits requins ou les dauphins qui s'y sont piégés. Mais les thons, j'en fais mon affaire.

La grand-mère d'Efisia avait aussitôt pensé : « Un berger de la mer, voilà bien là le gars qu'il me faut ! » Elle avait eu quelques amoureux avant mais tous étaient des hommes des terres. Des propriétaires de fermes qui chargeaient des pierres, fendaient du bois, fabriquaient des fromages parsemés de vermisseaux, descendaient des lampées d'alcools forts et, les jours de relâche, partaient chasser le sanglier. Mais pour rien au monde la Pittifatta ne se serait éloignée de la mer. La voir, la sentir, l'entendre mugir ou bruire lui était une addiction.

Pendant que Vittorio parlait, elle songeait : « Habitué des fonds marins, celui-là ne s'étonnera pas de me voir entasser dans un coffre des houppettes entières que je tisserai jusqu'au bout de l'hiver. »

Dès que vint juillet, ils se marièrent. Six années plus tard, Vittorio avait ensemencé la Pittifatta par trois fois mais aucune petite lèvre rose n'avait pointé de ses entrailles. Elle avait dû se résigner à élever trois garçons.

Bastiano, son fils cadet, le futur père d'Efisia, détesta dès l'enfance les odeurs de poiscaille et tout ce qui lui rappelait son père. Essoufflé avec l'âge, le Vittorio travaillait à présent à la conserverie que les pêcheurs avaient créée. Il passait ses journées à dépecer des thons à la chaîne, la nausée aux lèvres, avant de les mettre en boîte. Il accomplissait ces gestes un mois sur deux, dormant sur place dans des dortoirs mal aérés. Tout son corps était imprégné de poisson, jusqu'à ses moustaches qu'il portait longues et fournies. Pour éventer la puanteur, le Vittorio avait beau se baigner dans des bassines emplies de feuilles de genêt et de romarin, s'enduire d'huile de figues aux vertus hydratantes, rien n'y faisait. Chaque fois qu'il rentrait chez lui, qu'il s'approchait de Bastiano, les bras tendus pour l'attraper et le serrer contre lui, le gamin fuyait en criant.

En grandissant, le petit prit tout de la Pittifatta. Il admira avec quels égards ses doigts maniaient les longues touffes de byssus. Elle n'en manifestait pas autant aux êtres humains. Ses mains caressaient les toiles de lin, de laine, de soie puis traçaient de longues arabesques dans l'air avec le fil. L'aiguille brillait avant de piquer l'épaisseur des étoffes. Quand la Pittifatta brodait, Bastiano devenait son ombre. Il ne respirait plus, de peur que son seul souffle pût faire dévier la trajectoire de l'aiguille. Un jour, il entendit sa mère entonner une mélopée étrange. Elle tissait une étoffe d'un filament d'or qu'il distinguait à peine. Il se douta que la fête dédiée à Sant' Efisio, le saint patron du village, martyrisé à l'époque romaine, était proche. Bientôt, dans le dédale des ruelles, les bœufs aux oreilles carillonnantes tireraient la charrette recouverte de pampre sur laquelle trônerait la statue. Des bousculades, des jérémiades s'ensuivraient pour toucher, en guise de conjuration, les chaînes et médaillons qui ceignaient le torse du saint. De l'année passée, Bastiano n'avait conservé que l'image de sa robe étincelant dans la lumière éclaboussante de juin.

Bientôt, Bastiano tissa à son tour la laine, le lin, le chanvre. Mais jamais la Pittifatta ne le laissa filer le fil de soie marin. Il le comprit définitivement le jour où il eut à recoudre la peau du genou de l'un de ses frères plus bagarreur que lui. Même là, insistant obstinément, il n'eut pas droit au fil d'or. Les mots fusèrent des lèvres de la Pittifatta, inébranlable.

— Gare à toi si tu poses le petit doigt dessus, Bastia, je commanderai aux brebis ailées de venir te chercher dans ton lit. Tu n'as pas les doigts d'une femmina.

Bastiano regarda ses mains. Il les tourna et les retourna. Elles étaient longues et fines. Des brodeuses aux doigts comme des boudins venaient bien tisser le byssus chez sa mère. Il se dit qu'il aurait aimé naître femmina juste pour avoir ce droit-là.

Du temps souffla sur l'île, sur le niveau de la mer, même s'il était encore loin, très loin de grignoter les sables, sur les destins contrariés. Bastiano, adulte, se rapprocha comme il le put du cœur palpitant de son désir. Il se mit en tête d'ouvrir la première école de tissage de l'île. Elle était toute en longueur et ponctuée à intervalles réguliers des métiers à tisser.

À défaut de filer la soie marine, Bastiano avait réussi à vivre chaque jour que Dieu faisait dans le cliquetis des métiers à tisser, dans le doux éclat des étoffes de chanvre et de lin brodées, dans la suavité des chants que les tisseuses entonnaient en travaillant. Plus d'une fois, il s'étonna qu'ils fussent clairs et mélodieux car, dans l'atelier de la Pittifatta, il avait entendu un silence lourd, pesant, entrecoupé de litanies gutturales.

Il tomba amoureux de la Nina au premier regard sur ses doigts effilés qui effleuraient les tissus à recoudre. Penchée sur des fonds de pantalon, des chemises aux multiples accrocs, des sous-vêtements qui de blanc n'avaient plus rien, elle guidait les tissus et voilà que points, ourlets, coutures simples ou rabattues s'inscrivaient dans la matière. Elle savait aussi tailler dans les couvertures et couvre-lits rêches et élimés, dans les nappes tachées et défraîchies, dans les besaces trouées, elle savait donner vie aux robes, aux chemisiers et aux manteaux prêts à être étrennés à la fête de la Saint-Jean. Les plus coquettes y ajouteraient ici un ruban de soie ou une chaînette, là des incrustations de velours. Quand Bastiano contemplait Nina, penchée sur les étoffes effilochées, sans jamais se départir d'un calme sourire, il trouvait qu'elle ressemblait à la madone de l'église tout près.

Du temps souffla encore sur Bastiano et Nina, et Efisia vint au monde. La Pittifatta ne s'inquiéta pas de savoir par quelle tournure l'enfant était arrivée, combien d'heures avait duré le travail, si la montée de lait irritait les seins de sa belle-fille. « Enfin une femmina ! » fit-elle, et elle en resta là.

Efisia grandit, docile et peu farouche. Seule la visite dominicale à la Pittifatta la poussait à désobéir. Pour fuir les rendez-vous avec l'aïeule taciturne, elle allait se cacher jusque dans les branches du cerisier au fond du potager. Bastiano finissait par la trouver, parfois au terme d'une demi-journée.

Depuis le décès du Vittorio, les persiennes restaient closes chez la Pittifatta. Dans l'unique faisceau lumineux qui filtrait, Efisia discernait un enchevêtrement de fils en suspens. Ils menaient à des grappes opaques tapies dans les recoins. Elle détournait le regard. Elle ne voulait pas apercevoir les longues pattes noires et velues des araignées qui s'affairaient là-haut, à tout va. Elle avait peur qu'elles élisent ses cheveux pour poursuivre leur sale besogne. Les cheveux de la Pittifatta, eux, étaient invisibles, retenus dans un fichu d'un gris douteux. Tout en s'exerçant à carder, tisser et filer, Efisia apprit, de sa bouche à la langue de vipère, toujours prête à frapper, que son père avait mouillé son lit jusqu'à ses quatorze ans car c'était un poltron qui avait peur d'aller au trou dans le fond de la cour dès la nuit tombée. Elle sut aussi qu'il avait vomi sur la statue de Sant' Efisio, le printemps où le mistral n'avait jamais faibli. Par sa faute, la procession avait été repoussée au jour suivant. On avait dû laver et relaver la statue du saint à grandes eaux pour que le vert des épinards que Bastiano avait rendus sur son torse se confonde avec les veinures du marbre.

La Pittifatta, se sentant invincible, attendit l'extrême-onction pour admettre que sa dernière heure était venue. Les voisines commères vinrent chercher Efisia dans l'atelier de tissage de son père. Elles la firent pénétrer dans le noir de la chambre. À l'intérieur flottait une forte odeur de naphtaline.

— Elle est là, dirent les voisines pleureuses, leurs visages creusés de rides amères.

— Dis-lui, la Pitti, dis-lui sinon ton âme errera sans trêve dans les chambres funéraires des dolmens.

La Pittifatta acquiesça. Efisia sentit des mains noueuses comme de vieux sarments de vigne la pousser dans le dos, jusqu'au lit. Elle entendit siffler trois formules de la bouche édentée et fétide.

— Ne souille jamais les eaux, trouve la prière et cherche le geste précis, fit l'aïeule en agitant fébrilement ses doigts sur les draps ternes. Sinon, *pffuit pffuit*, bientôt, plus rien ne restera au fond !

Devant l'air perplexe d'Efisia, elle eut encore le temps de susurrer :

— La clef du rite est près du grand dolmen.

Comme la jeune femme restait coite, les voisines chuinteuses se mirent à taper avec leurs sabots les tommettes sombres de la chambre.

— Prête serment Efi, pour que la Pitti jouisse du repos éternel, la pressèrent-elles.

Efisia, éberluée, scruta leurs lèvres grosses et craquelées. Puis elle répéta dans le noir les mots qu'on attendait d'elle.

Ensuite, la Pitti poussa un grand cri et c'en fut fini.

Efisia avait prêté serment. La Pittifatta était taciturne mais pas menteuse. Si elle avait dit avoir caché la prière près du grand dolmen, c'était là-bas qu'Efisia devait chercher.

Les dolmens, juchés sur les falaises d'or et d'argent qui tombaient dans la mer, brassaient des légendes fantastiques. Les voisines commères racontaient que certaines jeunes paysannes, envoyées cueillir de la lavande sur leurs plateaux, n'étaient pas revenues. Elles disaient que les rares qui en avaient réchappé parlaient de ce qu'elles y avaient vu, dans un murmure seulement et en embrassant l'amulette qui pendait à leur cou. Car même dans les ateliers, au milieu des métiers à tisser, elles craignaient de voir surgir le géant à la langue de feu qui leur était apparu là-haut, soufflant de la fumée de sa bouche comme un volcan. À lui seul, il avait assombri le ciel pourtant griffé de bleu et de rose en fin de journée.

Les voisines commères disaient aussi que les grands dolmens jetaient des sorts maléfiques. Six femmes stériles y avaient été séquestrées deux mois entiers, dans une chambre funéraire où de petits os d'enfants tout blancs étaient entassés. Une nuit de pleine lune, des hommes lutins les avaient fait remonter sur le terre-plein où elles avaient assisté au sacrifice. Une femme aux longs cheveux roux et au ventre nu et rond comme un ballon, les épaules couvertes par un châle, tenait dans sa main un couteau étincelant et les avait apostrophées :

— Vous le voudriez bien, hein ?

Elle avait dessiné un cercle autour d'elle dans la terre. D'un doigt commandeur levé vers le ciel, elle avait fait pleuvoir une bruine sans qu'aucune goutte ne tombe sur elle. Soudain, elle était sortie du cercle magique et avait ouvert son ventre d'une entaille légère. Elle en avait sorti son enfant à pleines mains et l'avait embrassé longtemps. Ensuite, d'un geste décidé, elle avait tranché net le cordon ombilical et lancé, de toutes ses forces, le couteau et l'enfant depuis la falaise dans la mer.

Les femmes séquestrées avaient alors entendu leurs propres voix excitées se disputer l'enfant comme s'il s'agissait d'une parcelle de terre.

— Il est à moi, tu me le laisses sinon je te tue !

— Menteuse, je l'ai vu en premier !

— Ferme-la ! Il sera à celle qui plongera pour le repêcher !

La femme à la chevelure flamboyante s'était assise sur un rocher creux. Elle avait joint ses mains en implorant la miséricorde et attendu que les voix se taisent. Quand le silence était enfin revenu, elle avait arraché un fil de soie marin de son châle. Puis elle avait recousu son ventre à l'aide du brin et d'un dé d'or avant de s'engouffrer dans le dédale du dolmen.

Efisia attendit l'automne et ses brumes pour se rendre aux dolmens.

La nuit où, dans le vallon, de longues écharpes crème s'étirèrent, fugaces, entre les troncs des chênes-lièges, elle se mit en route. Il ne restait aucune trace du printemps qui avait embaumé les fleurs, de l'été qui avait mordu la végétation. Tout était humide et sans couleur. Les cistes, les euphorbes, lentisques et genévriers devraient patienter pour renaître. Seul flottait un parfum de bois pourri et d'herbes mouillées.

Efisia attaqua la falaise, confiante, en soulevant courageusement ses sabots de la boue qui collait aux ornières du sentier. Elle avançait, écartant à l'aveuglette les branches qui entravaient sa marche, repoussant les feuilles qui frôlaient son corps. Arrivée à une bifurcation, elle s'arrêta. Le brouillard annihilait tout sentiment de déjà-vu. Des sentiers zigzaguaient devant elle sans qu'elle reconnaisse celui, raide et ronceux, qui menait aux dolmens. Un animal, un lièvre sans doute, se faufila entre ses jambes, lui arrachant un cri. Elle tituba et faillit tomber dans la terre gluante. Désorientée, elle se mit à grelotter malgré son épais manteau de laine. Un nuage filant sous le vent dégagea un croissant de lune. De nouveau, elle fut pleine d'espoir et sa respiration saccadée se calma. Elle progressa en gardant les yeux rivés à terre. Elle ne voulait pas les lever vers la masse sombre des roches. L'image d'un serpent volant qui, du ciel noir, épiait ses pas continuait de rôder dans ses pensées.

En haut de la falaise, les dolmens se dressaient tous identiques. Efisia se dit que la Pittifatta aurait pu être moins énigmatique.

Elle les longea un à un puis s'engagea dans un couloir menant à une chambre sépulcrale. À l'intérieur, elle tâta longtemps le sol. Un amalgame de terre et de sable spongieux. Elle n'y trouva aucune clef. Dépitée, elle s'assit et attendit. L'aube diaphane se leva, laissant filtrer de fins rayons blancs. Elle s'approcha du fond de la cavité. Faiblement éclairée, elle lui faisait moins peur. Elle vit une galerie étroite et basse qui serpentait sous la roche. Elle se mit à quatre pattes. Elle rampa, plaquant ses bras et ses jambes au sol, rentrant sa tête dans ses épaules. Au bout, elle découvrit un coffre nacré, coincé contre la paroi. Elle s'attendait à ce qu'il fût lourd. Curieusement, elle le tira sans peine jusqu'à le ramener à la lumière naissante. Elle ouvrit le couvercle qui grinça. Elle découvrit un amas de touffes brunes incrustées de brisures de coquillages et de petits coraux. Elle en détacha une, la renifla à petits coups de nez. Elle était iodée.

Efisia n'avait qu'une envie. Déguerpir. Laisser là ces longs cheveux de mer et dévaler la falaise. Elle brassa une dernière fois la chevelure marine. Soudain, sous ses doigts, elle sentit des toiles de lin. Elle les sortit une à une, il y en avait cinq. Elle retrouva, brodées au fil d'or, les trois formules que la Pittifatta lui avait délivrées sur son lit de mort. *Ne souille jamais les eaux. Trouve la prière. Cherche le geste précis.* Puis elle découvrit celles pour lesquelles le souffle lui avait manqué. *Jamais tu ne vendras le fil de soie marin. Tu réciteras la prière en tissant.* Elle s'émerveilla. La Pittifatta avait réalisé un travail d'orfèvre. Efisia fouilla encore, haletante, le front moite, les sens enflammés. Il lui fallait la prière, sinon comment prier ? Elle souleva chaque couche de filaments sans rien trouver. Elle s'apprêtait à refermer le coffre quand elle découvrit les inscriptions gravées sur le fond du couvercle. Tout y était ; les vents, l'âme, la mer et le fil de l'eau.

Lorsqu'elle atteignit le bas de la falaise, Efisia connaissait la prière par cœur.

Quand le mois de juin fut là, Efisia s'éclipsa à l'aube. À la crique, la lune braquait encore son faisceau d'argent sur la mer.

Efisia se dévêtit. Elle frissonna un peu et courut vers les premières vagues pour se réchauffer. Puis elle nagea en longues brasses jusqu'au-dessus des grandes nacres. Là, elle plongea cinquante fois peut-être, sans chercher à reprendre chaque fois son souffle. Elle devait distinguer l'endroit exact où sectionner le byssus sans blesser la grande nacre. Ainsi la bivalve se reproduirait l'année suivante. Désormais, plus aucune coquille de nacre ne servirait de plat, plus aucun mollusque ne servirait de mets. Enfin Efisia trouva le geste précis. Elle fut fière d'elle mais le couteau s'échappa de ses mains excitées par la découverte et fila au fond de l'eau. Efisia dut nager plus profond, fouiller l'herbier, écarter les lianes vertes des posidonies, avant d'apercevoir l'éclat luisant de la lame. Elle récupéra le couteau, l'approcha des filaments de byssus mouvants sous le courant. Elle posa la lame dessus, s'apprêtant à trancher net. Soudain le fond, paisible et tranquille jusque-là, se déchaîna. Des grains dorés brouillonnèrent l'eau et Efisia ne vit plus rien. Elle renonça : sectionner à l'aveugle aurait été pire, et remonta à grands ciseaux, déçue. Quand elle pointa la tête à la surface, le ciel mauve nacrait la mer étale. La crique d'où elle était partie à l'aube était déserte, comme tous les petits matins. Seuls sa jupe de lin et ses sabots marquaient la plage. Elle se retourna, scruta l'endroit où elle s'était tenue quelques minutes plus tôt. Une barque de pêche tanguait, mollement agitée par la brise. En un instant, Efisia comprit. C'était l'ancre, la fautive. Elle avait provoqué des ondulations, labouré le fond marin et arraché des posidonies sur une belle longueur.

À force de descendre dans la mer, Efisia était devenue une nageuse aguerrie. En cinq brasses, elle fut près de la coque et s'y agrippa. Le pêcheur lui tournait le dos, occupé à démêler un filet. Elle l'interpella, il sursauta. Efisia devait ressembler à une déesse marine surgissant des eaux. Ses cheveux étaient plaqués sur ses tempes et dégageaient son front bombé. Ses paupières clignaient sans cesse pour libérer le sel qui lui piquait les yeux. Elle attendit que le pêcheur se remette de sa surprise.

— Tu troubles les flots ici. Tu détruis les posidonies et les coquillages qui y nichent.

— Les posi quoi ?

— Les posidonies, répéta-t-elle, les longues herbes vertes dans lesquelles tu laisses tomber ton ancre.

— Il faut bien que je pêche. Tu ne vas pas nourrir mes enfants à ma place !

Tout à coup, il s'interrompit, avant de partir dans un grand ricanement. Il venait de distinguer les seins d'Efisia.

— Qu'est-ce que tu manigances ? La mer, c'est pour les hommes. Tu devrais être près du tien, lui préparer le pain et le café. Qui me croira quand je raconterai ça au port ?

Efisia fit comme si elle n'avait rien entendu.

— Les grandes nacres ont besoin de tranquillité pour se reproduire, articula-t-elle, se voulant la plus persuasive possible.

Le pêcheur vitupéra, hargneux.

— Je vais là où vont les poissons.

Et ni une ni deux, il lui tourna le dos et remonta ses filets sans se soucier d'elle.

Efisia nagea, exaspérée, jusqu'au rivage de la crique. Dès que ses pieds touchèrent le sable doux de la plage, elle murmura tout bas : « Ce n'est pas une barcasse de pêcheur qui m'arrêtera. Maintenant je plongerai de nuit. »

Même quand son lit devint conjugal, Efisia continua de respecter son serment aux heures goudronneuses de la nuit. Le Zingaru tentait bien de la rattraper. De lui enlacer la taille. De déposer des baisers au creux de son cou. De caresser ses seins. Elle enfouissait son nez dans ses cheveux. Elle le reniflait, avide, jusqu'à trouver l'odeur de cendres sèches qui se nichait au-dessus de ses grandes oreilles. Quand elle humait ce parfum-là, son sexe gourmand s'ouvrait. Le Zingaru la faisait patienter, s'emberlificotait dans les draps, puis il allait fouiller l'offrande de sa langue. Au moment où Efisia le suppliait, il la prenait délicatement. La fougue et l'audace des corps dictaient les élans qui succédaient. Aussi, elle apprit à s'éloigner de lui en chuchotant :

— Rendors-toi mon doux, rendors-toi mon Zingaru, j'ai à faire !

Comme la Pittifatta et le Vittorio avant eux, Efisia et le Zingaru s'étaient reconnus pendant la grande fête du thon, un dimanche de la fin mai.

Les insectes dorés bourdonnaient dans les herbes aromatiques. Les abeilles suçaient les roses sauvages. Sur la route menant à la mine d'argent, les oiseaux se délassaient, zébrant de leurs pattes palmées la surface des étangs.

Efisia avait dix-neuf ans. Le Zingaru, trois de plus. Elle l'aperçut alors qu'il musardait autour des tables nappées de blanc que les anciens avaient constellées de baies rouges en ornements. Les cloches carillonnaient à toute volée. On avait sorti ses plus beaux habits des penderies pour briller dans la splendeur de la fête. Était-ce sa chemise en lin moins froissée que celle des autres garçons, moins auréolée de sueur que celle d'Arias, le facteur ? Son pantalon finement rayé qu'elle n'avait jamais vu sur des jambes d'homme ? Ses cheveux brillants et ses yeux d'un bleu sombre, ombragés de cils très noirs ? Efisia sentit son cœur ne plus battre pareil. Le fracas des cloches diminua peu à peu. Enhardie, elle se rapprocha de lui.

Elle tenait un broc rempli d'eau fraîche. Depuis le matin, avec ses copines, Efisia faisait des allers-retours jusqu'à la fontaine. Dès le printemps, l'île s'embrasait comme un chalumeau. Il fallait garder les victuailles au frais et apaiser les gosiers irrités par le vin rouge et les alcools forts. Le sirocco soufflait. Mai exhalait des parfums d'algues et de fleurs qui étourdissaient les sens. Efisia se fraya un chemin au milieu des pêcheurs joyeux, les yeux aimantés par le regard du Zingaru. Arrivée près de lui, elle se versa de l'eau sur les mains et les porta au beau visage inconnu. Elle ne se serait pas crue capable d'un tel geste, mais de petites bulles grisantes s'agitaient dans son estomac. Ses mains fraîches réveillèrent les joues en feu de Zingaru et Efisia les sentit frissonner. Il la pria de le laisser l'accompagner dans les ruelles chauffées à blanc par le soleil. Elle acquiesça et il la suivit jusqu'à la fontaine, où ils s'assirent sur la margelle en attendant que la cruche se remplisse. Au fil des heures et des allers-retours, l'obscurité vint et le jet devint une gerbe lactée. Le Zingaru contemplait Efisia dans l'avancée de la nuit. Il aimait son long cou, ses yeux noirs intenses, ses cheveux de jais roulés en tresses et attachés sur sa nuque pour la fête. Après le flamboiement crépusculaire, après la montée des constellations dans le ciel, elle sentit ses doigts toucher son bras, ses mains enlacer sa taille. Elle se rapprocha et il l'embrassa. Ils oublièrent tout, l'eau, et la cruche, et ils mouillèrent leurs habits de fête.

Ce jour-là ni aucun autre, Efisia ne lui parla de sa peau noire. De ce côté de l'île, les hommes avaient tous la peau foncée. Si l'un d'eux avait eu le teint blanc, on aurait songé à une grave maladie, ou pire encore à une malédiction.

— Que fais-tu à part porter l'eau de la fontaine aux hommes les jours de fête ? lui demanda-t-il.

— Je carde, je peigne, je file et je tisse, comme toutes les femmes de l'île, mentit-elle.

Le Zingaru l'écouta sans lâcher son bras. Il songea qu'au milieu du cliquetis des métiers à tisser et des grands battements de son cœur, il pourrait s'abandonner, serein, à ses constructions aux géométries variables.

Après sa journée de travail, souvent le Zingaru se promenait seul sur le port. Il aimait sentir sur son visage la brise iodée du large. Elle le délassait des heures passées à dessiner. Un soir, en remontant la ruelle vers leur maison chaulée, des mots cinglants le fauchèrent. « Bite molle à sirène ! » C'était l'injure la plus ignominieuse de l'île. Il suffoqua et courba l'échine. Il ne trouva rien à répliquer mais courut jusqu'à la maison, jusqu'à l'atelier où, effondré, il supplia Efisia.

— Je ne vais pas pouvoir endurer ça deux fois. Efi, je t'en prie, romps ton serment !

Elle secoua la tête de droite à gauche, un fil entre les lèvres.

Il lui confia alors combien il avait souffert, dans son enfance et son adolescence. Les ennuis avaient commencé à l'école quand les gamins s'étaient moqués de la couleur de sa peau. Dans la cour de récréation, ils le chahutaient, lui faisaient des croche-pieds, et pire encore. Alors il avait décidé de grandir penché au-dessus des livres. À l'examen de fin d'études, il savait parler d'Ulysse et des sirènes, des magiciennes, des porcs, des guerres menées par des hommes à la chemise rouge et des rêveries nocturnes des dictateurs. Cela n'avait fait qu'attiser les attaques. Les vauriens avaient fini par lui déverser ce que leurs parents et leurs grands-parents chuintaient derrière leurs volets clos. « Poisson qui pue, retourne d'où t'es venu ! Ta mère t'a acheté à la putain du bord de mer ! » Il était parti étudier dans la ville minière sur la côte. Il s'était plongé dans la géométrie et dans les textes. Plus il lisait, plus son monde s'élargissait. Ainsi, il comprit que toutes les existences n'étaient pas des farces tissées par le destin. Mais voilà que le sort le rattrapait. « Bite molle à sirène ! »

— Je n'ai pas prêté serment à la légère, mon doux ! dit-elle en ajustant la lampe loupe plus près de ses yeux. Tout ça passera, crois-moi, ils se lasseront. Laisse-moi travailler !

Le Zingaru laissa à Efisia le temps de réfléchir. Il voulait croire qu'elle briserait son serment. Mais Efisia ne se serait éloignée de la mer pour rien au monde. La voir miroiter sous le soleil ou brasser ses flots, l'entendre mugir ou bruire, y descendre voluptueusement ou avec acharnement lui devint une addiction.

Les mois passèrent mais le soir, sur le port, les jurons ne cessèrent pas. Le Zingaru se cloîtra alors entre les quatre murs de leur maison. De nouveau, il emprunta dans les livres des vies qui le sauvèrent pendant un temps de la sienne. De la leur. Peu à peu, il lui sembla qu'habiter sur le Continent serait plus facile. Des routes et des usines sillonnaient les terres ; il pressentit qu'on l'accueillerait à bras ouverts. Là-bas, on avait besoin de maisons et d'immeubles pour y loger des familles entières.

Un soir de la fin juin, il fit part de sa décision à Efisia.

— Je vais m'exiler, Efi, mais je te le promets, je reviendrai un jour avec des richesses dans les mains. Ils verront bien à qui ils ont affaire, ces sans-cœurs !

Le lendemain matin, Efisia l'accompagna au pied de la passerelle d'un paquebot en partance pour le Continent. Le Zingaru avait une valisette pour tout bagage. À l'intérieur, il avait glissé ses esquisses de constructions entre des calques pour les protéger pendant la traversée.

Quatre mois plus tard, Efisia découvrit son ventre enflé. Elle jubila. Si les bigotes portaient une médaille à leur cou pour déjouer le mauvais sort, le Zingaru lui avait laissé une amulette à l'intérieur. Les voisines commères chuintèrent les premières.

— Jamais il ne tiendra loin d'elle !

Les fileuses, les tisseuses et les couturières se joignirent au chœur.

— Jamais elle ne tiendra sans lui !

La vie d'Efisia n'eut en effet plus le même goût après le départ du Zingaru.

La jeune femme eut l'impression d'avoir perdu une partie d'elle-même. Elle fut prise d'un grand vertige. Tout de lui, lui manquait. Sa voix, ses sourires, ses étreintes. Même ses grandes oreilles et ses longs silences rancuniers quand l'écho des insultes résonnait et qu'il lui fermait son cœur à double tour. Depuis son serment prêté à la Pittifatta, Efisia aimait être seule dans le silence de l'atelier. À présent, même là, elle n'était plus sereine. Son esprit ne l'entraînait plus vers les grandes nacres. Il était entièrement hanté par le Zingaru alors qu'elle dessalait, cardait, filait, tissait le byssus. Elle repensait à ses confidences, songeait à sa vie sur le Continent dont elle ne savait rien. Cela lui échauffait si bien les sangs qu'un jour, un des fils de la tunique qu'elle tissait cassa. Le travail de deux mois se détricota sous ses yeux. Ses nerfs lâchèrent et elle éclata en sanglots. Une fois le chagrin passé, elle dut tout recommencer.

Les langues des voisines commères continuèrent de baver. Elles prêtèrent à la jeune femme des commerces sexuels diurnes et quelques tractations nocturnes avec le diable, quand elles étaient en forme. À la nuit tombée, Efisia, elle, étreignait son oreiller, ne réclamant que le corps et les bras du Zingaru et son sexe frémissant dans son sexe de femmina.

Arias, le facteur, connaissait Efisia depuis l'enfance. Gamin, il lui avait montré tous ses trésors pour la séduire. Des œufs bleutés de caille, des queues vertes de lézards, des ailes d'aigles, des osselets qu'il avait polis à partir de cartilages d'animaux. Il quittait aux aurores sa ferme aux enclos débordant de cochons et de sangliers, pour être à temps chez elle et sur le chemin de l'école lui porter son cartable. Pendant les récréations, il lui offrait des tomates rouges et juteuses et des mûres qu'il cueillait à l'aube, à l'insu de ses parents. En classe, assis à son bureau, deux rangs derrière elle, il la mangeait des yeux. Au printemps, les rais de lumière transperçaient les bois des pupitres, nimbant les cheveux noirs d'Efisia de poussières solaires.

Un jour, à cinq heures du matin, le facteur aperçut au bureau de poste deux plis adressés à Efisia et les laissa d'abord de côté. Ce n'est qu'une fois les lettres triées dans l'ordre des villages qui ponctuaient sa tournée, et sous le regard suspicieux du receveur, qu'il les fourgua dans sa sacoche avec les autres.

Il aurait tout le temps d'y repenser, le long des vingt kilomètres que durait son odyssée quotidienne à travers les reliefs de l'île, de combes en collines. Les seules créatures qu'Arias croiserait seraient des mouflons aux cornes splendides, perchés sur des rochers escarpés sous le soleil matinal. Au milieu de cette nature âpre et rugueuse il éprouvait une liberté enivrante. Il sentait la puissance muette de ses lointains ancêtres, eux qui avaient construit des tours de défense pour se protéger des envahisseurs, avaient vécu dans des grottes et porté des offrandes au pied des dolmens pour s'attirer les faveurs des dieux. Arias croyait dur comme fer aux fantômes grimaçants, aux apparitions de brebis ailées avec leurs dards venimeux et aux scènes sacrificielles qu'évoquaient les voisines commères du village. Sans épouvante, la vie sous l'immensité du ciel azur de l'île n'aurait pas le même goût.

Les jours de canicule, Arias se mettait au frais pour déjeuner près des murets de pierres sèches.

Il sortait de sa sacoche le gros pain de seigle avec la tranche de mortadelle qu'il avait fourrée à l'intérieur le matin et alternait les bouchées avec des lampées d'eau-de-vie. Tout en mâchouillant, il suivait le vol d'une buse jusqu'à la crête violette des monts alentour. Une fois rassasié, il roulait sa veste en boule sous sa tête. Bercé par le chant des grillons, il rêvait à Efisia. Elle lui apparaissait toujours sous une lune pleine et ronde, comme la nuit où il l'avait épiée jusqu'à la crique. Il avait vu sa jupe et son corsage tomber sur le sable et révéler ses épaules robustes, son bassin plein et ses jambes musclées.

Quand il s'éveillait de sa sieste, la gorge sèche, les yeux mi-clos, le sexe dur, le soleil brûlait sa peau. Arias s'abritait des rayons ardents en cheminant sous les pins altiers qui couvraient la partie septentrionale de l'île. À la sortie de la forêt, il empruntait des sentiers de ronces puis des sentes de mûriers et d'arbousiers qui le conduisaient jusqu'à une grande cascade. Ce jour-là, près du lac entouré de lauriers-roses, il s'agenouilla un instant pour se désaltérer. Il sortit les lettres adressées à Efisia, les scruta, fut à deux doigts de les jeter dans l'eau claire, mais, rattrapé par le sens du devoir, il les remit au fond de sa sacoche. Il retrouva le chemin rocailleux qui serpentait au milieu de lopins de terre arrachés au maquis. Par vingt fois encore, il se promit de ne rien donner à Efisia et, par vingt autres fois, il se promit le contraire.

En fin de journée, à l'heure où le soleil nimbait de rouge les murs chaulés, Arias tendit à Efisia deux lettres affranchies d'un timbre rare. Elles mirent un terme au chagrin et à l'humeur maussade qui grignotaient les jours de la jeune femme. La première l'honorait d'une commande de tapisserie en fil de soie marin à apporter en personne sur le Continent. La seconde était du Zingaru. Elle fut folle de joie.

Remarquant la chemise d'Arias, à tordre tellement il avait transpiré, et prenant son dépit pour de la fatigue après son harassante tournée, Efisia calma son impatience. Elle lui proposa un café. Il le but vite et balbutia un au revoir avec un sourire chagrin.

Dans l'enveloppe, Efisia trouva d'abord un mandat d'une belle somme. Puis elle lut que son Zingaru était arrivé dans une ville du Nord où l'on construisait des pièces de voitures à assembler sur des chaînes de montage. Ses croquis de logements avaient été bien accueillis. À présent, les banquiers, les promoteurs, les ouvriers au teint aussi foncé que le sien avaient hâte de voir des toits s'élever dans le ciel gris et plombé. Le Zingaru écrivait qu'il avait loué une chambre de bonne dans le centre-ville. Il était pressé de la voir arriver. Il resterait là tant que les immeubles ne seraient pas sortis de terre. Plus de deux ans de travail.

Efisia replia la lettre, désemparée. Elle posa un regard perdu sur son ventre qui s'était encore arrondi. De toute façon, elle ne pouvait partir ni avant la naissance du bébé ni avant d'avoir achevé la tapisserie. Elle répondit au Zingaru qu'Anna naîtrait fin mars.

Le bébé avait été conçu la veille du départ du Zingaru, après qu'ils avaient mangé la tarte au miel saupoudrée de brisures d'amandes qu'Efisia avait préparée. C'était son dessert préféré. Pourvu qu'il garde le goût en bouche, s'était-elle dit en ajoutant plus de miel que d'habitude. Elle avait lavé son corps et l'avait parfumé à fortes doses d'huile de lavande avant de se mettre au lit.

Anna s'annonça ponctuelle. Un temps, Efisia avait imaginé attendre un garçon. Un garçon à qui elle n'aurait pas à imposer de prêter serment, qui aurait mené sa vie comme bon lui aurait semblé, sans immersions répétées, sans prière à la mer, sans fil d'eau à tisser. Au cinquième mois de grossesse, elle avait cessé de se bercer d'illusions.

S'il lui était resté des doutes, les voisines commères, s'ingéniant à deviner le sexe des enfants selon la forme des ventres, le début et la durée des nausées, la lune, la firent déchanter.

— Efi, tu as le ventre qui pointe comme l'œuf qui sort du cul de la poule, femmina ce sera !

Au huitième mois, Efisia supportait mal de porter le bébé qui l'aimantait vers la terre chaque jour davantage. Elle paniqua. Et s'il ne sortait pas ? Mai venait lentement mais sûrement. Tout comme vinrent les premières contractions.

Pendant l'accouchement, Efisia poussa comme une forcenée, soufflant à peine malgré la grande douleur qui lui vrillait les entrailles. L'accoucheuse, sage et expérimentée, lui conseilla de limiter son effort.

— Efi, tu risques de t'ouvrir et la cicatrisation, là, est plus longue qu'ailleurs. Calme-toi, la petite n'en réclame pas tant !

Au milieu de cette pagaille de chairs, de sang et autres magmas corporels odorants, Efisia n'entendit rien. Elle poussa, poussa, impatiente de se délivrer du bébé. C'est qu'elle avait besoin du mois entier pour se remettre en état. Après, il ne resterait plus que juin. Le front dégoulinant de sueur, les joues rouges, le corps meurtri, elle demanda si ses règles reviendraient tout de suite après la naissance d'Anna.

— Autant de cas que de femmina, rétorqua l'accoucheuse, placide. Certaines les voient revenir vite, d'autres pensent qu'elles sont parties à jamais. Elles finissent par réapparaître ! ajouta-t-elle, croyant la rassurer.

Efisia caressa le crâne chevelu de sa fille posée sur sa poitrine tout en priant pour appartenir à la seconde catégorie. C'était en mai et juin que les grandes nacres tissaient leurs plus longs filaments de byssus. L'accoucheuse la veilla toute la nuit puis, au matin, elle suggéra :

— Efi, rappelle-moi si le lait tarde à monter.

— Quel lait ?

— Le lait qui va sortir de tes seins. La petite va les téter pour s'alimenter.

Efisia faillit s'étrangler. Quelqu'un d'autre que le Zingaru lui téterait les seins ! Elle regarda la vieille femme d'un air si imbécile que celle-ci crut que l'accouchement avait fait d'elle une demeurée.

— Enfin Efi, tu as vu comment les brebis font avec leurs petits ? Tu feras pareil !

Quoi, le labeur passé, elle devait nourrir son enfant ? Toute à son impatience de redescendre dans la mer, l'idée ne l'avait pas effleurée. Au contraire, Efisia s'était réjouie que le bébé soit prévu pour la fin mars. Après la naissance, elle aurait tout le loisir d'exécuter le geste précis. Sinon *pffuit pffuit*, avait dit la Pittifatta en agitant ses doigts sur les draps, bientôt plus aucune grande nacre ne resterait au fond. Et voilà que l'accoucheuse lui parlait de montée de lait. Efisia dut trouver un compromis. Elle s'engagea à aller traire la brebis elle-même pour donner à Anna autant de rations de lait qu'elle souhaiterait.

Les mois lui parurent infiniment longs. Pourtant, malgré l'absence du Zingaru, Efisia vécut le temps qui suivit la naissance d'Anna avec ardeur. Le jour, elle allait et venait de sa chambre à coucher à l'atelier. Elle cardait les byssus et peignait leurs filaments. Puis elle retournait bercer Anna pour l'endormir. Le lait de brebis profitait à la petite, ses joues étaient devenues des gourmandises dans lesquelles Efisia plongeait ses lèvres. À chaque câlin, l'enfant lui réclamait des chatouilles. Ses menottes lui tiraient les cheveux, la retenant près d'elle. Elle voulait jouer encore et Efisia devait se faire violence pour s'éloigner d'elle.

Anna fit vite ses nuits et Efisia put de nouveau envisager de s'approcher des grandes nacres. Deux mois après la naissance, ses règles n'étaient toujours pas revenues. La dernière semaine de mai, Efisia profita de ce que le sirocco et le levant avaient pris la place des vents forts. La température des eaux montait, le sable des fonds marins s'adoucissait, les conditions devenaient idéales. Un soir, elle fit venir l'accoucheuse pour veiller sur sa fille.

Aux petites heures de la nuit, Efisia se glissa hors de la maison, sans remords. Elle longea les ruelles irisées par la lune. L'air était chaud et parfumé d'immortelles. Elle s'éloigna furtivement du village même si seuls des chats s'attardaient sur les seuils, leurs yeux jaunes démesurément agrandis. Sur la grand-route, elle franchit le pont romain, se faufila au hasard des dunes qui formaient des ombres immenses. Elle eut peur, elle crut qu'elles avaient avalé la mer. Elle s'arrêta pour souffler, pour freiner les pulsations de son pouls qui s'emballait et cognait contre l'artère de son cou. Elle tendit l'oreille ; un faible murmure lui parvint, couplé à une fragrance musquée portée par un souffle nocturne. Rassurée, Efisia se remit en chemin.

Quand elle arriva à la crique, les constellations pailletaient la mer. Elle enleva sa tunique et s'avança, émerveillée. Elle laissa les vagues se briser à hauteur de ses genoux et encercler sa taille. Elle voulait savourer leurs retrouvailles avant de s'immerger. Les traînes lumineuses de la lune reflétées sous l'eau la guidèrent jusqu'aux posidonies. Au milieu, les grandes nacres se balançaient, aériennes et rosacées, au bout de leurs longs byssus. Elles étaient une cinquantaine à faire les belles, à pavaner comme des demoiselles. Efisia s'approcha tout près de l'une d'elles et scruta son byssus. Sûre d'elle cette fois, elle sectionna les cinq centimètres de soie marine desquels elle devait se contenter. Ensuite, elle replanta le reste des filaments dans le sable meuble qui les enserra aussitôt comme un pied s'embourbant dans une vasière. Les heures de la nuit filèrent ainsi, entrecoupées de remontées à la surface pour reprendre sa respiration. Efisia ne vit pas l'aube pointer. Elle ne vit pas ses lueurs violettes annoncer la journée. Elle ne vit rien tellement elle était absorbée à répéter le geste précis préconisé par la Pittifatta. Quand son panier déborda de byssus, quand elle surgit enfin pour de bon à la surface, la lumière du jour l'aveugla. Elle crut, un instant, que le soleil dégouttait de plomb en fusion se diluant dans la mer. Elle était hébétée. Elle avait plongé plus de cent fois. Pas dix, ni vingt. Cent ! cria-t-elle, triomphante. Elle nagea lentement vers le rivage, épuisée.

Elle sentit monter en elle une grande allégresse, le sentiment d'être investie d'un pouvoir nouveau comme à la naissance d'Anna. Elle avait trouvé le geste précis qui n'endommage pas le mollusque à l'intérieur des Nacres. Elle sortit de la mer et se sécha longtemps. Ses yeux restaient rivés à la limite du lagon, là où les grandes nacres allaient poursuivre sereinement leur croissance. Elle enfila sa jupe et soudain elle fondit en larmes. L'accoucheuse l'avait prévenue mais, au fond de son cœur, Efisia sut qu'il s'agissait aussi d'autre chose. Ce jour-là, elle aurait voulu avoir le Zingaru près d'elle. Elle aurait voulu partager avec lui sa grande joie.

Ce fut dans de grandes bassines d'eau douce qu'Efisia entreprit de débarrasser de tout leur sel les touffes de byssus qu'elle avait récoltées. Elle devait changer l'eau toutes les trois heures pendant vingt-cinq jours d'affilée. À cette condition seulement, les filaments de byssus étaient parfaitement dessalés. À cette condition seulement, ils offraient une grande élasticité au tissage. Ensuite, c'était presque un jeu d'enfant de filer le fil de soie marin.

Au cours de ses plongées nocturnes, Efisia remontait aussi de longues algues brunes dans sa nasse. Un jour, elle eut l'idée de les faire cuire à petit feu dans un grand faitout. Les algues mijotèrent le temps que des odeurs entêtantes et âcres envahissent la cuisine. Quand Efisia vit qu'elles dégageaient des substances laiteuses, elle y jeta les touffes de byssus. Elles chuintèrent au contact de la chaleur. Elle les laissa décanter puis elle brassa le mélange à l'aide d'une grande spatule. Le front soucieux, les traits tirés, elle y versa le contenu de deux fioles emplies d'un liquide moutarde. Les byssus dégorgèrent leur sel à tout va. Elle se félicita de sa trouvaille. Alors, au gré de ses plongées, elle ramena toutes sortes d'algues. Des brunes, des vertes, des jaunes.

C'était au milieu des effluves qui empuantissaient l'atelier qu'Efisia donnait le biberon à Anna. Elle attendait, fébrile, les orteils agités dans ses sabots, que la petite fasse son rot. Elle la reposait dans le berceau qu'elle avait apporté près de son établi. Elle voulait s'éviter des va-et-vient incessants entre l'atelier et la maison.

Tôt, un matin, les voisines commères aperçurent Efisia filer sous leurs fenêtres vers la fontaine, en quête d'eau claire. Elle avait les cheveux défaits jusqu'au creux de son dos, le regard cerné.

— Efi, essaie l'urine de vache, elle fait blondir les touffes dessalées aussi vite que l'éclair lézarde un ciel d'orage l'été ! révélèrent-elles.

La relation qu'entretenaient les voisines commères avec Efisia s'était teintée d'un mélange inextricable de fierté et de crainte. Bien lui en prit de les écouter. Le soir, une fois Anna endormie, elle s'empressa d'ajouter de l'urine de vache dans des bassines ovales. Au bout de quelques heures, ce fut prodigieux, le fil noir s'enlumina. S'ensuivirent des séries de lavages aux herbes saponaires, de séchages sur les poutres de l'atelier, de longues séances de cardage avant le filage des byssus.

Bien longtemps après, Efisia se dirait que c'était un miracle qu'elle n'ait pas donné à Anna un biberon d'urine, mis du lait dans les bassines et, quand le bébé commença à se nourrir, des simples dans son assiette.

À la fin du mois de juin, le Zingaru revint sur l'île pour voir leur merveille. Il arriva de nuit, en catimini, et se glissa dans le lit. Efisia ne l'entendit pas venir. Elle était si harassée de fatigue après les plongées qu'elle s'endormait même si le tonnerre grondait dans la combe. Le renouement fut doux. Il se lova autour d'elle à bras de velours. Au matin, elle sentit une présence dans son dos, elle cria, affolée, pensant au dard venimeux de la brebis ailée dont lui avait parlé la Pittifatta autrefois pour la faire plier à ses quatre volontés. Le Zingaru la rassura vite et, quand elle fut remise de son émotion, elle voulut retrouver l'odeur de cendres brûlées qu'elle aimait. Elle huma au-dessus des grandes oreilles du Zingaru. Rien. Elle huma encore et partout à la racine de ses cheveux. Rien. Elle pensa que, sur le Continent, des effluves artificiels avaient gommé les essences qui l'excitaient tant. Le désir l'emporta et Efisia redécouvrit des intonations de sa voix qu'elle ne se connaissait plus. De longs sifflements, de joyeux gémissements, des râles amples et haletants. Ils firent l'amour jusqu'à ce que le bébé pousse son cri d'oisillon.

Efisia alla chercher Anna. Elle la déposa dans les bras du Zingaru avec son biberon. Il caressa sa nuque, ses joues, tapota deux ou trois fois son tout petit nez. Il ne s'étonna pas de ses grandes oreilles qui pointaient déjà. Il la fit boire patiemment. Puis ce furent de longs jeux à trois. Quand Anna bâilla après les rots, Efisia la ramena dans son berceau. Puis les amoureux ne quittèrent plus le lit. Efisia supplia le Zingaru de revenir vivre auprès d'elles, mais il lui opposa doucement son travail sur le Continent et le calme qu'il avait enfin trouvé.

Efisia enfouit ses doigts dans la toison du Zingaru. Elle ne savait pas quand elle en aurait de nouveau la chance. Elle compensa sa peine par des caresses accrues et se plaqua contre son corps. Ils s'aimèrent encore. Le Zingaru repartit la nuit qui suivit, aussi incognito qu'il était arrivé. Ils s'étaient donné rendez-vous à l'automne. Efisia le rejoindrait sur le Continent, une fois achevée la tapisserie qui lui avait été commandée.

À l'origine de la commande était un recteur d'une prestigieuse université du Continent. Il n'avait qu'une requête, la tapisserie devait représenter le visage d'une sainte. Seule une toile de byssus teintée de pourpre répond à sa noble requête, pensa Efisia, honorée d'être sollicitée. Elle se mit au travail avec acharnement. Les rares pauses qu'elle s'accordait étaient consacrées à Anna, à ses biberons, à ses rots, à ses jeux. Elle était consciente que, plus vite la tapisserie serait achevée, plus vite elle reverrait son Zingaru. L'amour est le meilleur des excitants.

Malgré cette perspective, la tapisserie avança lentement. Aussi lentement que la forêt de pins pousse en allant vers la crique. Pendant les longues heures qu'Efisia consacrait à filer, à tisser le byssus sur le métier, elle se sentait le maillon d'une chaîne ancestrale, femmina parmi les femmina qui l'avaient précédée. Sa vie était là, dans ces fils de soie marins tendus devant elle. Le serment fait à la Pittifatta sur son lit de mort lui était désormais chevillé au corps.

Efisia n'acheva pas la tapisserie à l'automne, comme elle l'avait espéré, mais pour les deux ans d'Anna, un mois de mars. Il ne fallait pas qu'elle s'abîme pendant le voyage, alors elle prit soin de l'emballer dans du papier crépon. Elle la glissa dans une boîte à chaussures garnie de byssus à l'état brut. Elle passa la dernière semaine à se confectionner une nouvelle jupe. Elle pariait qu'en ville et au Nord, là où le Zingaru vivait, les femmes ressemblaient à celles que les voisines commères lui avaient montrées dans des magazines en couleur. Élégantes, parfumées, légères.

Le jour de son départ, elle déposa la jupe dans sa valise près de la boîte à chaussures. Et, au cas où elle ne suffirait pas, elle fourra des tartes au miel et aux amandes.

Puis elle confia Anna à l'accoucheuse et, pour la première fois de sa vie, quitta l'île.

Le bateau l'emmena vers d'autres rivages sans qu'elle ressente l'ombre d'une appréhension. Elle était habituée à voir la mer confinée dans sa crique comme une recluse. Elle fut émue de la découvrir pleine, souple et infinie. Débarquée sur le Continent, elle prit un train qui traversa des plaines sombres et verdoyantes, ponctuées de douces collines. Des palais aux tours crénelées s'élevaient en leur sommet.

Une calèche l'attendait à la gare. Pendant le trajet, elle sortit de sa valise la boîte à chaussures qui contenait la tapisserie. Sur le seuil de l'université, le recteur, un homme à l'allure empesée, lui baisa la main puis l'invita à pénétrer dans son bureau. Efisia fut impressionnée. La pièce faisait trois fois la dimension de son atelier. Des tentures chatoyantes masquaient des pans de mur. Des lampes au socle en marbre et des vases en céramique illuminaient la marqueterie des meubles. Tandis qu'elle observait la somptuosité du bureau, le recteur, lui, admirait la tapisserie. La couleur pourpre du fil de soie marin. La finesse des traits de la sainte. Son voile délicatement brodé laissant poindre des mèches de cheveux évanescentes.

— Votre œuvre est bel et bien digne de notre université ! Je ne me l'imaginais pas autrement, souffla-t-il, secoué par l'émotion.

Il se leva et se dirigea vers un secrétaire qu'il ouvrit avec une clé. Il saisit une liasse de billets tout lisses et la lui tendit. Efisia le regarda droit dans les yeux, sans ciller. Puis, en repoussant de la main les billets, elle déclama le début de la prière :

— Être, prier et tisser, qu'ainsi soit ma vie. Pour les hommes, je ramènerai le fil de l'eau à la surface. Pour eux, je le tisserai et il appartiendra à tous.

Il insista mais une lueur de colère traversa le regard fier d'Efisia. Le recteur s'arrêta à temps, ne voulant pas l'offenser davantage. Il posa les billets sur son bureau et s'inclina respectueusement. Il la fit reconduire à la gare d'où elle prit un autre train. Celui-là, elle l'attendait depuis deux ans.

D'autres seigneuries, d'autres campaniles défilèrent à travers la vitre puis la grande plaine annonça la ville industrielle. Dans le compartiment bruyant, les voyageurs commencèrent à se préparer. Ils époussetèrent des miettes de pain de leurs pantalons. Ils fermèrent des revues.

Efisia descendit sa valise du porte-bagage. Ce n'était pas le prochain arrêt pour la grande ville, lui dit-on, c'était celui d'après. Elle n'écouta pas les voix. Elle se dirigea vers le cabinet de toilettes avec sa valise et s'y enferma. Là, dans le réduit, elle enleva sa longue jupe qu'elle déposa par-dessus les gâteaux. Puis elle revêtit celle qu'elle avait cousue sur l'île. Le tissu, encore rêche, lui gratta le bas du dos. Peu lui importait. L'ourlet frôlait ses genoux.

Sur le quai, le Zingaru ne la reconnut d'abord pas. Ce n'était pas à cause de la nappe brumeuse qui estompait les contours à la tombée du jour. Simplement, le Zingaru cherchait la femme qu'il avait laissée sur l'île, deux années plus tôt. Pas celle dont la jupe voletait autour de ses genoux. Son regard passa bien sur Efisia mais sans s'y accrocher. Alors, elle s'approcha de lui dans son dos. Elle l'avait reconnu, elle. Elle posa ses mains sur son visage. Il se retourna et elle vit de la surprise dans ses yeux.

— Elle te va parfaitement, dit-il avant de l'embrasser.

Ils quittèrent la gare enlacés. Efisia ne lâcha pas la main du Zingaru tandis qu'il l'entraînait sous des arcades où s'alignaient des cafés, des restaurants, des magasins éclairés de néons. Il la poussait devant lui, amusé de la voir s'étonner devant tant de nouveautés. Ils sortirent enfin de ce qui parut à Efisia être un long tunnel et débouchèrent sur une placette arborée. Le Zingaru s'arrêta devant un palais cossu. Il ouvrit le lourd portail et la fit monter au dernier étage où il avait loué une mansarde. Elle s'assit sur le lit, étourdie par le bruit et l'agitation qui secouaient la ville. Elle respirait mal. L'étroitesse des lieux la suffoquait bien plus que les tasses d'eau salée qu'elle avait bues lors de ses toutes premières plongées. Craignant qu'elle ne s'évanouisse, le Zingaru alla ouvrir la lucarne. Dès que l'odeur des platanes lui chatouilla les narines, Efisia se détendit. Plus tard, elle sortit les gâteaux de la valise. Elle n'en avait vu aucun dans les vitrines des pâtisseries qu'ils avaient longées. Ce fut un festin des bouches. Des corps ensuite. Épuisés par leurs retrouvailles, ils s'endormirent. Elle fit des rêves étranges. Elle entendit des bruits de chaînes et de chariots qu'on traînait.

Au matin, le Zingaru l'emmena en tramway sur le chantier qu'il supervisait, à la périphérie de la ville. C'était un terrain vague, marbré de sillons inégaux. Des machines balayaient l'air et le sol de leurs manches rétractables. Efisia pensa à des pieuvres mécaniques. Il lui montra le logement à deux étages, juste sorti de terre.

— On peut loger quinze familles par étage, dit-il fièrement.

Efisia ne répondit rien. Ils parcoururent des passerelles. Elle l'entendit héler un ouvrier.

— La poutre là-bas n'est pas d'équerre.

Puis d'autres.

— Ne rompez pas la symétrie !

Soudain, elle fut prise de vertige et serra le bras du Zingaru. Ce geste lui rappela sa présence.

— À demain tout le monde, dit-il, enjoué. J'emmène Efisia déjeuner.

Ils reprirent le tramway brinquebalant jusqu'à une porte qui fermait la vieille ville. Un large fleuve s'étirait entre deux berges. Puis ils grimpèrent à pied une colline qui menait à un monastère. À mi-hauteur, Efisia libéra la main du Zingaru qu'elle avait tenue dans la sienne depuis le matin. Immergée dans le vert profond des prés où paissaient des vaches, elle n'avait plus peur. Le printemps était là. Il était doux. Il ne brûlait pas les peaux comme celui de l'île.

Ils s'installèrent dans une guinguette, sous des rangées de lampions bleu et rouge qui s'entremêlaient aux branches des arbres. La patronne, une femme ronde et tout sourire, vint réciter le menu. Elle parlait vite et nommait des plats qu'Efisia ne connaissait pas. Elle laissa le Zingaru décider pour eux deux. Il commanda une bouteille de muscat frais et fruité. Ils la burent d'une traite tellement ils étaient assoiffés après l'ascension. Le vin lui monta vite à la tête et, pendant quelques heures, tout fut magique. Elle raconta au Zingaru les dernières grimaces d'Anna, ses premiers pas, ses premiers mots. Il voulut savoir si elle disait papa. Efisia le déçut.

— Il faudrait que tu sois là pour ça !

Il lui répondit, plein d'entrain, qu'il voulait bien essayer de revenir quand le deuxième immeuble serait construit. Elles lui manquaient trop et maintenant ils avaient de quoi voir venir.

Malheureusement, les mots ne se transformèrent pas en acte.

Efisia rentra dans l'île le cœur léger à l'idée que bientôt le Zingaru réapparaîtrait dans sa vie. Et pas seulement une nuit en catimini ou dans ses rêves.

Deux mois plus tard, Arias lui tendit un télégramme, sans la regarder droit dans les yeux, sans effleurer sa longue main. C'était mauvais signe. Elle déplia la missive pliée en quatre de ses doigts tremblants. Elle apprit que le Zingaru était tombé d'un échafaudage et avait été tué sur le coup. Efisia remit la lettre dans l'enveloppe comme si elle n'avait rien lu.

Juin était là, les grandes nacres l'attendaient. Elle devait s'approcher d'elles, l'œil clair et sec. Elle descendit plus de cent cinquante fois sous l'eau pour être auprès d'elles et sectionner leur byssus. Elle entreprit de s'abrutir le corps pour ne pas sentir la grande douleur à l'intérieur.

Quand le plein été arriva, elle avait maigri de sept kilos. Ses traits s'étaient affaissés et elle ressemblait davantage à une vieille commère qu'à une femme de vingt-deux ans. Ses joues étaient d'une pâleur inquiétante, comme si une maladie la guettait. L'accoucheuse qui venait veiller Anna pendant ses virées nocturnes à la mer lui ordonna une visite chez le docteur. Efisia refusa, catégorique et butée.

— Si tu ne le fais pas pour toi, je te le ferai faire pour elle. Ta fille a deux fois plus besoin d'une mère maintenant qu'elle n'a plus de père, la réprimanda l'accoucheuse sévèrement.

Elle céda et alla chez le docteur, qui lui prescrivit des pilules. Elle les avala machinalement aux heures des repas tout en préparant les compotées d'Anna plutôt que des repas pour elle.

— Le temps est un grand guérisseur, répétait l'accoucheuse, bienveillante, à chacune de ses visites.

Un jour, Efisia ne sut pas se retenir. Elle haussa effrontément les épaules. Elle lui cala Anna en pleurs dans les bras, prit un châle et sortit. Dehors le sirocco soufflait. Elle courut, elle trébucha, elle se releva. Elle courut encore et arriva, hors d'haleine, à la crique. Là, pendant un temps, elle n'entendit que le fracas de la mer soumise au vent africain. Abasourdie, elle se réfugia dans la grotte. Elle se mit à vociférer les cris retenus dans sa poitrine depuis l'annonce de la mort du Zingaru. Elle hurla sa colère, son fiel devant l'absurdité du destin. Ses plaintes se mêlèrent vite aux bourrasques qui pénétraient la grotte comme autant de gémissements de chiens qu'on aurait suppliciés. Éperdue de fatigue et de douleur, elle se recroquevilla au fond de la cavité. Elle se pelotonna sur son chagrin et s'endormit jusqu'au matin. De retour chez elle, Anna l'accueillit en lui tendant les bras.

Efisia s'imaginait qu'Anna, une fois devenue femmina, plongerait à ses côtés. Aussi, le jour où celle-ci lui annonça qu'elle n'apprendrait ni à rapporter le fil de l'eau à la surface, ni à carder, ni à peigner, ni à tisser quoi que ce soit lié à ce fatras héréditaire, ce jour-là fut bien triste pour Efisia.

Elle aurait dû s'y préparer. Il y avait eu des signes annonciateurs. Les touffes de byssus qui séchaient, suspendues aux poutres dans un recoin de l'atelier, effrayaient Anna autant que les chauves-souris zigzagant dans le jardin, les soirs tièdes de printemps. Quand elle effleurait l'une d'entre elles par inadvertance, elle se clouait sur place et hurlait comme si on l'égorgeait. D'autres petites filles, au même âge, se seraient mises à courir pour y échapper mais Anna, elle, en était incapable. Sa frayeur mêlée à une stupeur paralysante la condamnait à l'immobilité et, ainsi statufiée, elle se préparait au pire. Elle attendait que les filaments de byssus se déploient et l'enserrent telle une pieuvre avant de l'avaler lentement. Parfois, les nuits de lune à la face grignotée, elle imaginait des monstres marins préhistoriques aux yeux globuleux et aux écailles acérées surgissant des vagues de la crique et l'emportant vivante, dans leur monde obscur et nauséabond. À tout prendre, Anna préférait la pieuvre. Son supplice durait moins longtemps et elle n'était pas condamnée à vivre éternellement dans le noir.

Lorsqu'elle eut huit ans, et même en plein jour, Anna fut secouée par des crises de hoquet qui la faisaient suffoquer quand Efisia, ayant oublié un foulard, un châle ou des gants finis d'être tissés, lui ordonnait d'aller les chercher dans l'atelier. La fillette prenait sur elle, elle savait dans quelle colère Efisia se mettrait si elle refusait d'y aller. Elle se faufilait jusqu'à l'établi, jusqu'aux étoffes tissées mais sans jeter un seul regard du côté du vieux métier à tisser car, à l'école, on lui avait dit :

— Les rares fois où ta mère ne tisse pas, elle charge un fantôme de le faire pour elle.

Quand Anna eut neuf ans, elle lui asséna qu'elle détestait tout ce que l'atelier contenait.

— Tout, tu entends ? Tes filaments de byssus, tes fuseaux lestés de plomb, tes planches à carder munies de clous. Tout, les teintures, les tissus, le métier à tisser.

Efisia décida de l'emmener à la crique en mai et juin. Peut-être qu'ainsi elle l'accoutumerait plus facilement à ses rites et à ses traditions, peut-être que la mer lui conviendrait davantage. Sur le chemin rocailleux qui serpentait jusqu'à la crique, Anna ne se plaignait pas. Ses petits pieds étaient bien à l'abri dans ses sabots. À peine arrivée à la plage, c'était une autre histoire. Elle faisait deux pas et se figeait net. Elle ne supportait pas les galets, pourtant ronds, doux et chauds, qui roulaient sous la plante de ses pieds. Elle ne supportait pas les grains de sable qui s'incrustaient entre ses orteils, la piquaient ou la démangeaient. Elle ne supportait pas les amas de varech noirs et roux dans lesquels crépitaient des poux de mer et tourbillonnaient des insectes aux ailes piquetés d'or. Tout l'effrayait. Elle ne supporta pas plus la brise marine. L'iode irritait ses narines fragiles, la faisait éternuer et s'enrhumer pendant des jours.

De retour chez elles, dans la cour ensoleillée, Efisia la voyait distiller son ennui comme elle le pouvait. Elle se mettait à quatre pattes et soufflait sur les aiguilles de pin que le mistral avait ramenées jusque dans le potager. Ou bien elle restait prostrée à l'ombre du cerisier, triste et solitaire.

Quelques mois passèrent, Efisia se sentit vraiment désespérée. Il ne restait pas grand-chose de l'argent des mandats que le Zingaru avait envoyés avant sa mort.

Un matin après une nuit blanche, elle se confia à Arias.

— Efi, fit-il, tu tisses depuis toujours des merveilles dans ton atelier. Les touristes commencent à venir chez nous du Continent et de plus loin encore. Ouvre un musée !

Pendant ses tournées, au creux des combes, Arias avait plusieurs fois croisé des randonneurs mal équipés, leurs timbales entrelacées trop lâchement aux bretelles de leurs sacs à dos, cliquetant sur les caillasses des sentiers. Il les mettait parfois en garde quand il n'était pas trop en retard dans la livraison de son courrier. Il les dépassait au pas de course puis se retournait, montrant du doigt leur timbale agrippée dans des genévriers enchevêtrés et épineux sans qu'ils ne s'en soient aperçus, pressés d'arriver au bord de la mer et de s'offrir un bain qu'ils imaginaient divin (mais c'était avant les coups du soleil sur leur peau blanche) dans les eaux émeraude qui cerclaient l'île. Quand les grimpeurs exténués répondaient à Arias, ils le faisaient par flopées d'onomatopées car ils étaient à court de souffle et de salive, même les plus expérimentés d'entre eux. Ils avaient négligé le fait que, dans l'île, le soleil était du feu sur la peau et les combes des coupe-mollets.

Efisia écouta la suggestion d'Arias en hochant la tête. L'idée fit son chemin. Elle pensa que, avant même les touristes étrangers, les enfants de l'île pourraient aimer venir dans son atelier si elle l'ouvrait aux écoles. Elle prit conscience qu'elle pouvait faire d'une pierre deux coups et tenter d'égayer la solitude d'Anna grâce à la compagnie d'autres enfants tout en faisant connaître son art au plus grand nombre.

Sous les yeux de visiteurs charmés, Efisia se mit à tisser des toiles de laine, de chanvre et de lin. Au début, les regards l'intimidèrent. Puis les questions avisées sur ses techniques la flattèrent si bien qu'elle s'habitua à montrer les gestes. Elle vendit certaines étoffes. Elle vendit ses ouvrages en lin, en chanvre, en coton. Mais jamais elle ne vendit les robes de naissance brodées de soie marine qu'elle tissait pour la bonne fortune domestique de femmes mariées ou enceintes.

Les premiers touristes à visiter le musée furent des Français, et Efisia s'arrangea pour se faire comprendre. Des collectionneurs suisses tombèrent sous le charme de son art ancestral et décidèrent de créer une collection malacologique dans leur pays. Ils désiraient joindre aux coquillages des bas, des gants, des écharpes et des tuniques de byssus. Ils demandèrent le prix à payer pour obtenir les pièces somptueuses qu'Efisia avait cousues. Ils lui proposèrent des sommes astronomiques, sûrs de la faire fléchir. Efisia refusa tout argent.

— Je vous donne la collection. L'or de la mer est le bien de tous. Il ne se vend ni ne s'achète, insista-t-elle, implacable.

Et elle ajouta :

— Vous me ferez un plus grand honneur en parlant de mon art et de mon petit musée partout où vous irez.

L'ouverture du musée n'adoucit pas le tempérament farouche d'Anna. Les exclamations des enfants turbulents et les voix étrangères la rendirent plus craintive encore. Elle vit sa mère constamment monopolisée, se replia sur elle-même et ne fréquenta pas la salle ouverte au public.

Plus tard, bien plus tard, Efisia conviendrait que les grandes nacres et leur byssus l'avaient occupée entièrement après la mort du Zingaru et qu'Anna en avait souffert. Elle s'en voudrait. Mais jamais elle n'aurait pu prévoir que leur séparation serait si brutale.

L'été de ses dix-huit ans, Anna annonça à sa mère qu'elle avait un amoureux.

— Quel métier veut-il faire ? demanda seulement Efisia.

Anna répondit froidement, sans détailler les premiers regards, les mains qui s'effleurent, les bouches qui se touchent.

— Manuele sera pilote.

Aussi étrange que cela paraisse, Efisia fut heureuse pour Anna. Elle s'était fait une raison. Les grandes nacres avaient besoin de cœurs passionnés auprès d'elles. Elle songea : « Enfin un homme qui ne vivra ni de la mer ni de la terre, mais de la vitesse. »

Au bout d'une semaine, elle demanda à Anna de le lui présenter. Manuele avait les cheveux bruns d'un chanteur à la mode et la même voix de crooner.

Ses dents étaient aussi blanches que l'écume qui frange le lagon. Ses yeux marron lui donnaient un air doux d'écureuil. À l'heure où le soleil tombait dans la mer, où tout n'était qu'empourprement, il passait prendre Anna dans son automobile décapotable, s'arrêtant sur le chemin de terre devant l'atelier et klaxonnant. La jeune femme, élégante dans sa robe en tulle beige, s'éclipsait. Manuele lui tendait galamment la main, ouvrait la portière, la faisait monter. Puis, d'un bond félin, il se mettait au volant. Il faisait ronfler le moteur et démarrait. Efisia le voyait murmurer quelque chose à l'oreille de sa fille, qui riait. La voiture s'élançait. Ensuite, il n'y avait plus que l'éclat rouge des chromes et la main légère d'Anna qui s'agitait dans l'air parfumé de la fin du jour.

À l'automne, Manuele emmena Anna dans la grande ville du Continent où il habitait. Les voisines commères eurent rarement l'occasion d'activer leurs langues vipères car après son départ, elle ne revint que trois fois sur l'île. Manuele avait été engagé par une écurie au cheval cabré et courait désormais sur les circuits du monde entier. Anna avait décidé qu'elle le suivrait partout où il irait. Elle avait trop souffert des absences de son père pour supporter celles d'un mari. Et en aucun cas elle ne voulait vivre la vie routinière et solitaire de sa mère.

Lors de son premier retour, un mois de mars, Anna réserva une chambre dans le seul hôtel que comptait l'île. Ses volets auraient eu besoin d'une bonne couche de peinture pour raviver le crépi orangé qui s'écaillait, les fenêtres, au chambranle fissuré, d'une isolation car le noroît sévissait des semaines entières en hiver, et les lits, de plusieurs couvertures en laine à la place de l'édredon léger bien que brodé qui y trônait. Mais Anna préférait s'accommoder des courants d'air et de la lumière intermittente que projetaient les lampes de chevet plutôt que de se retrouver chez Efisia. Elle ne voulait pas revivre ses terreurs d'enfant, qui l'avaient mystérieusement quittée le jour où Manuele l'avait tenue dans ses bras. Elle ne voulait pas être réveillée au milieu de la nuit par un grincement de porte, celle de la chambre d'Efisia dont les gonds n'avaient plus été huilés depuis le décès du Zingaru. Et surtout, surtout, elle ne voulait pas entendre les mélopées, les incantations et les apostrophes aux vents. L'hiver, Efisia tissait plus que de raison.

Depuis son départ, Anna avait découvert ce qu'était la vie sur le Continent, dans la grande ville éclaboussée de rose, la vie avec Manuele. Chaque matin, quand elle claquait la porte en bois rehaussée d'un heurtoir de cuivre de son appartement au troisième étage d'un palazzo, elle se disait qu'elle ne voulait plus jamais voir les heurtoirs en forme de mains scellées aux portes massives des maisons de l'île, les mains du mauvais œil, celles qui avaient poussé son père à les laisser, sa mère et elle. Puis elle dévalait, le cœur léger, la rampe d'escalier en fer forgé, elle se fondait avec un appétit vorace dans l'anonymat qu'octroient les villes. Sur le Continent, elle avait abandonné les voix des voisines commères et les regards sournois et inquisiteurs des mâles attablés au bar sur le port. « Visez les gars, v'là la fille de feu bite molle à sirène ! »

Dans la grande ville, il y avait du bruit et des lumières. Et cela la remplissait de joie. « C'est de ça que ma mère se prive pour ses grandes nacres », se disait-elle souvent. Anna adorait naître au jour chaque matin à côté de Manuele, prendre avec lui le petit-déjeuner, lire les journaux et les livres, discuter des événements du monde, aménager leur appartement quand Manuele partait travailler. Si une voisine commère l'avait vue vivre dans la grande ville, elle aurait juré ne pas avoir sous les yeux l'Anna d'Efisia, car de la petite fille triste et chétive qu'elle avait été, on ne retrouvait rien chez cette jeune femme bouillonnante et rieuse.

Après deux jours passés dans l'hôtel de l'île, Anna se résolut enfin à rendre visite à Efisia. Lors de sa visite éclair, qui dura une poignée d'heures, sa mère ne délaissa pas son fuseau. Elles avaient avalé des pâtes, toujours les mêmes, celles de blé dur sans fantaisie, qui n'avaient rien à voir avec le délicieux assortiment de trois pâtes colorées qu'Anna avait découvert sur le Continent. Efisia avait laissé sa fille avec la vaisselle à laver et était allée traficoter autour de ses planches à carder ou de son vieux métier à tisser. Avant de repartir, Anna poussa la porte de l'atelier, puis passa la tête sans qu'Efisia se détourne de la tapisserie qu'elle tissait.

Lors de sa deuxième visite, Manuele l'accompagnait et les conversations furent plus enjouées, au début du moins. Efisia sembla s'intéresser, elle le questionna sur ses courses, sur ses circuits, y en avait-il un au nord de la péninsule, dans une ville brumeuse ? Mais, sans attendre la réponse de Manuele, ses yeux s'embuèrent. Elle laissa des larmes timides glisser sur ses joues et, quand elles gouttèrent de son menton, elle se leva de table pour aller se moucher. Anna se surprit à penser que sa mère ne connaissait de joies que lorsqu'elle tissait son fichu byssus et entonnait sa mélopée.

La troisième visite d'Anna sur l'île fut la dernière. Cette fois-là, elle n'était pas seulement accompagnée de Manuele mais aussi d'une fillette de quatre ans. Ils trouvèrent Efisia dans son atelier, penchée sur son métier à tisser, ajustant de ses longs ongles des mailles qui avaient sauté. Sur une étagère en bois se tenait une grande nacre impressionnante comme une sculpture. Décidément, rien ne surpasse la Nature, pensa Anna en poussant sa fille du plat de la main au milieu de l'atelier. Là-bas, plus loin, dans les recoins sombres, elle distinguait les centaines de houppes de byssus en attente d'être tissées. Elle eut la chair de poule. Alors elle appela sa mère.

— Voilà Rosalia, ta petite-fille.

Efisia sursauta non pas à la voix d'Anna, mais en entendant les mots « petite-fille ». Elle se retourna et vit une enfant aux cheveux blonds et aux yeux bleu foncé. Leur intensité lui transperça le cœur.

— Elle est toujours malade dans les villes du monde où Manuele va courir, reprit Anna. Je n'arrive pas à la soigner. Voyons si l'air de l'île lui profite.

II

ROSALIA

Rosalia pensa longtemps qu'Efisia était sa mère. Elle y crut jusqu'au jour où, dans la mine de plomb désaffectée, ses amies Claudia et Silvia se donnèrent le mot comme leurs mères commères l'avaient fait avant elles.

— Enfin ouvre les yeux quoi, Efisia n'est pas ta mère, lança Claudia méchamment alors qu'elles étaient adossées contre les wagonnets abandonnés.

Ça parut d'abord impossible à Rosalia. C'était comme si la flaque de mer éblouissante à la sortie du village avait disparu. Elle haussa les épaules, détourna le regard et fit mine de rien.

Piquées par son indifférence, ses copines renchérirent :

— Les cheveux d'Efisia sont noirs comme les plumes d'une corneille et épais comme du brocart. D'après ce que nous ont dit nos mères, la tienne,

Anna, avait les cheveux si fins qu'un petit vent suffisait à la décoiffer.

Ce n'était pas la première fois que Rosalia entendait ce prénom, Anna. Elle l'avait surpris flottant dans les murmures de conversations entre Arias et Efisia. Mais elle ne l'avait jamais entendu prononcé si haut et fort. Le doute commença de l'assaillir.

Une fin d'après-midi, elle rentra chez elle en claquant la porte. Efisia, affairée autour de la cuisinière, eut peur qu'elle soit tombée et se soit ouvert le crâne car la petite était plutôt d'une nature calme et conciliante. Sans un regard pour elle, Rosalia courut d'une traite jusqu'au miroir de la cuisine suspendu au-dessus de l'évier. Elle devait en avoir le cœur net. Le miroir vibra comme s'il était soudainement animé d'une vie propre. Elle l'immobilisa de la main et, se haussant sur la pointe des pieds pour être à la hauteur de son reflet, elle se regarda. Elle s'étudia aussi intensément qu'elle observait le murex à la coquille en spirale hérissée de pointes dont Efisia tentait ces jours-là d'extraire les glandes. Puis elle articula d'une traite.

— Mes cheveux sont blonds et fins comme les blés. Efi, les filles disent que tu n'es pas ma mère, c'est vrai ?

Efisia reposa l'assiette de pâtes aux tomates et au basilic qu'elle lui avait préparée sur la table. Elle tira une chaise. Elle s'y assit pour rassembler tout le courage et la force d'âme qu'elle avait accumulés depuis la décision d'Anna.

— C'est vrai, ma dragée, lui avoua-t-elle d'une voix lasse.

— Elle est où ma mère ? Pourquoi elle m'a laissée avec toi ? s'emporta Rosalia, les yeux humides.

— Tu as d'abord vécu avec elle. Anna t'a emmenée avec elle jusqu'à tes quatre ans. Mais autant les parfums des villes lui plaisaient, autant ils t'étaient néfastes à toi, ma dragée. Tu étais toujours malade, là-bas, toujours chez les docteurs. Alors, un hiver, ta mère t'a amenée ici et tu n'es plus jamais repartie. Tu n'as plus été malade non plus.

Elles dînèrent en silence, chacune perdue dans ses pensées.

— Seul ton corps fluet garde les stigmates de ce temps-là, reprit Efisia pour remplir le vide.

— Les stigmates ? interrogea Rosalia, avide de compréhension après la révélation.

— Les traces.

— Oh ! lâcha-t-elle, rassurée à présent de pouvoir rassembler les pièces éparpillées du puzzle de son enfance.

Il n'y avait donc rien d'étonnant à ce qu'elle n'ait conservé en souvenir de sa mère qu'une bouche maquillée la marquant de rouge sur les joues. Et des poignets ceints de bracelets fins et cliquetants qui la blessaient au rythme d'élans intermittents.

Plus tard, avant de disparaître vers la mine, impatiente de rétablir la vérité auprès de ses copines, Rosalia s'approcha doucement d'Efisia.

— Ils ont bien fait, mes parents, Efi ! Je n'échangerais pas l'île contre une petite vie en ville !

— Va, ma dragée, murmura Efisia en se frottant les yeux.

Par quel bel ensorcellement cette enfant ressuscitait le Zingaru chaque fois qu'elle apparaissait, Efisia l'ignorait. Elle regarda longtemps Rosalia s'éloigner sur le sentier. Ses pieds frôlaient la terre sans s'y arrêter. Elle ne marchait pas, elle dansait.

Certains soirs, Rosalia, les dents brossées, sa chemise de nuit brodée de petits lions ailés enfilée, passait la tête à travers la porte entrouverte de l'atelier. « Je suis prête, Efi », criait-elle, puis elle courait dans sa chambre et se glissait entre les draps. Efisia repoussait alors à une autre heure les mille tâches qui lui incombaient encore. Remuer les bassines où flottaient des touffes noires de byssus. Suspendre celles mordorées sur un fil pour les faire sécher. Malaxer des mélasses gluantes dont elle seule détenait le secret. Elle quittait l'atelier et venait s'asseoir au bord du lit de Rosalia. Elle n'avait même pas enlevé sa blouse, des odeurs de mer montaient de ses plis. Sa voix se faisait plus douce avec la nuit. Et elle se mettait à raconter Tabarka. Tabarka, la grande île voisine, cernée d'eaux cristallines et bondées de corail. Elle racontait comment elle avait attiré les meilleurs corailleurs de la Méditerranée. Parmi eux, l'arrière-arrière-grand-père de Rosalia, le Luigi au torse immense habillé de pendeloques en corail. La petite, tout ouïe, attendait. Elle attendait le moment où Efisia dirait que l'ancêtre ligure avait le derrière dans le sel et que ça le grattait à en mourir pour pouffer de rire, la tête dans l'oreiller.

— Ce n'est pas drôle, ma dragée, la raisonnait Efisia, des scorpions fourmillaient partout dans le sable, au moins, dans sa barque, le Luigi était à l'abri d'une piqûre mortelle.

Rosalia s'assoupissait lentement à l'évocation des cages thoraciques surdimensionnées et des filets méchamment agrippés aux récifs. Puis, des visions de jupes colorées, de mariages fastueux, de bateaux débordant de coraux l'emportaient dans les bras de Morphée.

D'autres jours, c'était Rosalia qui consolait Efisia sans le savoir. La première fois advint alors qu'elle n'avait que dix ans. La petite avait un appétit de fauvette. Au début des repas, Efisia lui promettait toujours une ou deux figues de Barbarie au dessert. Rosalia se dépêchait de finir son assiette car elle en raffolait. Elle appuyait avec sa langue sur leur chair veloutée et juteuse qu'Efisia avait débarrassée des piquants.

— Efi, disait-elle, c'est la seule chose qui me ferait marcher pendant des kilomètres, aller jusqu'à la grande ville à pied, peut-être même quitter l'île.

— Tais-toi, tais-toi ! marmonnait Efisia en lui assurant que les meilleures figues se trouvaient ici et nulle part ailleurs, que le Créateur les avait inventées pour elles.

Elle ajoutait parfois qu'il l'avait fait pour se faire pardonner.

— De quoi ? demandait Rosalia, étonnée.

— De nous avoir oubliées au bout de ruelles ne menant qu'aux odeurs de poisson, tiens !

Le ton sec et amer d'Efisia choquait Rosalia. Elle aimait l'île en toute saison. Elle aimait ses printemps blancs comme les feuilles d'amandier, ses étés rouge flamboyant, ses hivers tièdes et vibrants du jaune des citrons. Elle aimait son ciel transparent, ses falaises de granit or et argent, ses monts sombres tranchant net avec la couleur turquoise des flots. Et plus que tout, elle aimait la mer qui la cerne. Quand elle ouvrait les yeux dans ses eaux, elle y voyait comme en plein jour.

Les soirs où la chaleur n'avait pas desserré son étau de plomb dans l'atelier, Rosalia entraînait Efisia jusqu'au rivage. Elles traversaient le maquis éreinté, la pinède rosissante. Elles allaient s'asseoir sur le sable nacré de la crique. Une brise légère les éventait. Elles guettaient, fébriles, le moment où le soleil, une grosse orange sanguine, versait de l'autre côté de l'horizon. Ensuite, les flammèches crépusculaires zébraient le ciel. La pénombre bleutée enveloppait tout et Rosalia demandait :

— Tu es réconciliée maintenant ?

Alors Efisia la serrait fort dans ses bras. Près de la mer, toutes deux respiraient plus ample. Elles attendaient que la lune perce à travers les pins parasols. Elles patientaient jusqu'à ce que les fragrances résineuses s'épanouissent dans la nuit. Puis elles rebroussaient chemin à pas feutrés. Pour entendre longtemps, longtemps derrière elles, le grand poumon marin qui toujours respire.

Bientôt les langues de feu des voisines commères poussèrent Efisia à initier Rosalia. Elles commencèrent par évoquer ses petits seins naissants. Elles chuintèrent :

— Sûr qu'elle les montre à la mine, Efisia !

Efisia était certaine que Rosalia ne montrait rien, ou en tout cas pas ses seins. Elle en avait eu la preuve le jour où elle n'avait pas retrouvé sa fiole d'onguent pourpre, élaboré à partir d'un extrait de glandes de murex. Celle dans laquelle elle imbibait les fils de soie marins après les avoir longuement dessalés, cardés et peignés.

Pourtant les voisines commères avaient raison sur un point. Rosalia grandissait. Ses seins pointaient. Ses hanches s'élargissaient. Du duvet assombrissait ses bras, ses jambes, son pubis. Dans trois ans, elle prétexterait la Saint-Jean pour aller marquer les buissons d'un ruban. Pour rencontrer des garçons. Et si l'un d'eux l'embrassait ? Comme le Zingaru avait embrassé Efisia. Suavement puis langoureusement.

À cette pensée, Efisia eut la chair de poule. Cela arriverait forcément ! Le cœur de Rosalia s'emballerait pour un regard doux, teigneux ou ardent. Son corps vacillerait au contact de la main de son amoureux dans la sienne. Mais elle, nichée dans la végétation de l'île, au milieu de genévriers, lentisques ou arbousiers, elle saurait lui murmurer : « Attends, attends je dois te dire, j'ai prêté serment. » Ensuite, adviendrait ce qu'il adviendrait. Son amoureux ne pourrait pas être lesté d'un fardeau aussi lourd que celui du Zingaru. Ce fardeau qui l'avait fait se détourner au moment où les hommes de l'île, voulant la blesser elle, l'avaient affublé des pires injures. Le Zingaru était un cœur tendre. Il n'avait pu s'accommoder des vents contraires.

Des mois puis des années passèrent et, un jour de la mi-juin, la peau d'Efisia commença à se plisser comme celle des lézards gris-jaune qui tremblotent sur les murets à l'approche de pas audacieux au lieu de déguerpir.

Ce printemps-là, le sang d'Efisia ne s'était toujours pas tari au bout d'un mois et demi. Au réveil, elle qui se levait toujours d'un bond, avide de se goinfrer de la journée à venir, une torpeur l'envahissait, la tenant alitée jusqu'en milieu de matinée. Quand le soleil, à son zénith, chauffait tout à blanc à en faire craquer les pierres, elle se traînait jusqu'à son atelier. Au milieu des fuseaux, l'indolence rendait ses gestes gourds et inappropriés. Elle n'arrivait pas à démêler les filaments de byssus avec la brosse à carder.

S'il ne s'était agi que de cela, Efisia aurait patienté. Elle avait si bien appris à le faire. Mais elle se tenait aussi le ventre, pliée en deux comme la toute première fois ; les crampes ne la lâchaient pas.

Déjà, au mois de mai, elle avait failli emmener Rosalia à travers les dunes ocre jusqu'à la petite crique déserte pour l'initier. Mais céder à la moindre rebuffade du sort n'était pas dans ses gènes. Elle avait alors décidé d'attendre juin. Ce désordre corporel finirait bien par se taire, se disait-elle, confiante.

Juin fut bientôt entamé et son sang coulait toujours. Oh lentement ! Elle ne courait plus dehors comme au temps où, pubère, elle craignait que les voisines commères ne découvrent sa jupe tachée. À son âge, elle n'avait plus à se hâter jusqu'au trou au fond du potager comme lorsque ses règles lui venaient abondantes et carmin, mais avaient l'avantage de lui dire au revoir quatre jours plus tard.

Son corps avait été son meilleur allié jusque-là. Et voilà qu'au mitan de sa vie, il la trahissait. Il l'empêchait de perpétuer le rite ancestral alors que la lune était nouvelle et que le mistral avait baissé sa garde.

Dans l'atelier, Efisia s'interrogeait, moite et poisseuse : « Comment vais-je descendre dans la mer ? » Avant de s'avouer, divagante : « Même avec des nageoires, je n'y arriverais pas. » De trois heures à neuf heures du matin, elle aurait dû plonger une centaine de fois. Une lueur hagarde emplit ses yeux. Soudain, la prophétie de sa grand-mère, la Pittifatta, sur son lit de mort lui revenait comme un boomerang : « Efisia, ne souille jamais les eaux, tu profanerais le rite ! »

Elle abdiqua. Elle délaissa une touffe de filaments noirs encore pleine de sédiments marins et alla ouvrir l'armoire à pharmacie. Devant les fioles alignées, elle hésita. Elle s'empara de celle au liquide verdâtre. Elle la but d'une traite, renversant la tête en arrière et fermant les yeux. Ensuite, clopin-clopinant, elle entra dans la cuisine.

Rosalia était sagement assise devant son bol de lait de chèvre, les joues rosies par les parties de cache-cache dans la mine désaffectée. Efisia saisit le pot, la resservit.

— Tu as la tête tout embrouillée, Efi ? risqua-t-elle après l'avoir observée longuement.

— Ne t'inquiète pas. C'est le jour ou jamais, ma dragée ! répondit Efisia pour toute explication.

Du lait gicla sur la table en bois de châtaignier. Rosalia le lapa. Efisia insista pour qu'elle finisse son bol en disant que la journée n'était pas finie. La petite fut obéissante. Elle craignait tellement qu'Efisia lui interdise de rejoindre ses copines dans la mine désaffectée après l'école. Elle but encore un peu. Elle croyait qu'elles allaient ramasser les légumes comme tous les soirs à l'heure où le soleil n'était plus une morsure sur la peau. Ses préférés étaient les artichauts. Elle raffolait du violet intense de leurs feuilles. Un jour, dans l'atelier, Efisia l'avait trouvée en contemplation devant la couleur devenue liquide dans une fiole.

— Je n'ai plus soif, Efi ! fit-elle en repoussant le bol. J'ai bien assez de forces.

— Ne te plains pas en chemin ! lança Efisia sévèrement.

— Quel chemin ?

Rosalia écarquilla les yeux. Le potager était au bout du jardin.

— Ce soir nous n'allons pas faire cueillette, ce soir je t'emmène à…

Efisia ne put poursuivre. Un haut-le-cœur la saisit. Elle se détourna et vomit dans l'évier. Elle s'essuya la bouche, attrapa son châle et murmura :

— Prends le tien aussi !

Dehors, les franges dorées de leurs châles scintillèrent à la douce lumière du crépuscule. Elles longèrent les ruelles bleutées. Des odeurs d'épice et de cuisine flottaient dans l'air. Sur les premiers seuils, les voisines commères âgées s'attardaient, guettant le surgissement de l'étoile du berger. Plus loin, les femmes mariées et les mères avaient déserté les lieux. Efisia et Rosalia les entendaient s'affairer près des cuisinières, remuer des casseroles dans lesquelles mijotaient des sauces de myrte et de laurier.

Drapées dans leurs châles mordorés, elles s'éloignèrent furtivement du village. Sur la grand-route, les bouquets de menthe pouliot et les lauriers sauvages exhalaient de forts parfums. Elles franchirent le pont romain en silence, puis contournèrent la tour défensive qui avait repoussé les pirates autrefois. Quand elles se faufilèrent à travers les dunes, l'horizon griffé de pourpre se confondait avec la mer. Efisia était plus détendue maintenant. Dans le ciel, les étoiles entamaient leur lente ascension. Elles atteignirent la crique déserte et se dirigèrent jusqu'au rivage. Les vagues chuchotaient. Efisia resta debout mais fit signe à Rosalia de s'agenouiller. Elle enleva l'élastique qui retenait sa queue-de-cheval.

— Efi ! s'exclama la petite. Tes cheveux sont si beaux tout en boucles sur tes épaules ! Pourquoi tu les attaches toujours ?

Efisia ne répondit pas. Rosalia devait comprendre que ce n'était pas un jeu. Pas comme certains dimanches où elle la laissait défaire les épingles et barrettes de son chignon et où elles se brossaient les cheveux à tour de rôle avant de les nouer en des coiffures originales. Le moment était solennel. Elle enleva son châle. Son corps se dessina, plein et délié à la fois, dans la longue tunique blanche qu'elle avait brodée de lions ailés, de griffons et d'arbres de vie. Elle embrassa longuement le large du regard avant de s'agenouiller et d'étendre son châle sur le sable mouillé devant elles. De longues traînes cuivrées, vestiges du jour, striaient les flots. Efisia se prosterna en tapotant des doigts le fil doré qui ornait les franges du tissu. Quand elle entendit la prière, Rosalia crut qu'elle venait de l'immensité marine.

— Oh vents ! Ponant, levant, mistral ou grec, prenez mon âme, jetez-la au fond de la mer. Qu'ainsi soit ma vie. Être, prier et tisser. Pour les hommes, je ramènerai le fil de l'eau à la surface. Pour eux, je le tisserai.

Une vague frisotta près d'elles. Efisia saisit un peu d'écume, en déversa sur ses cheveux, puis elle renouvela le geste sur ceux de Rosalia.

— Ma dragée, au nom des vents, à toi d'apprendre la prière à la mer, à toi de répéter après moi.

Leurs deux voix s'unirent avant de se taire longtemps. Seuls les flots bruissaient.

De mi-juin à fin juin, chaque soir, quand le soleil moirait de roux les châles noirs des femmes sur les seuils, Efisia et Rosalia s'en furent vers la crique. Chaque soir, la lune, à travers le pin parasol, les regardait s'agenouiller dans le sable encore chaud. Là, elles entonnaient la prière. Les derniers jours du mois approchèrent. Efisia voulut entendre Rosalia dire seule la prière. C'était la condition avant d'apprendre à nager, avant de descendre dans la mer. La petite mélangea les vents, leur fit prendre son cœur à la place de son âme. Efisia s'agaça et dit qu'ainsi elle allait provoquer la colère des dieux. Rosalia prit peur. Elle craignit que, fous de rage, ils l'emportent avec eux en représailles les après-midi où elle brasserait les flots de ses bras et de ses jambes fluettes. Efisia lui conseilla de répéter la prière cinq fois par jour.

— Tu dois la savoir par cœur comme les poésies que tu apprends à l'école.

Rosalia n'osa pas la contredire. Elle chercha à gagner du temps.

— Tu as mis combien de temps à l'apprendre, la prière, Efi ? demanda-t-elle.

— Moi ce n'est pas pareil. Moi je l'ai apprise quand j'étais femmina déjà.

— Pourquoi est-ce que tu veux que je l'apprenne maintenant ? Pourquoi tu ne veux pas attendre que je sois grande ?

— Je prends de l'avance, c'est tout, répondit Efisia, inébranlable.

Jamais Rosalia ne se serait privée du détour dans la mine désaffectée. C'était incroyable tout ce qu'elle apprenait là-bas sur les choses de la vie, vraies ou pas. Adossées aux wagons rouillés, Claudia et Silvia, les cils ourlés de khôl, les lèvres tatouées de couleur, jacassaient en suçant des bonbons d'amande sucrés. Elles étaient plus grandes. Elles avaient des frères et des sœurs aînées. Elles racontèrent ce jour-là que leurs frères disaient que si les filles saignaient, c'était parce qu'elles se coupaient devant pour faire sortir tout le mauvais sang et éviter des maladies mortelles. La première fois que Rosalia les entendit dire, elle éclata de rire. Elle rit de voir combien les garçons pouvaient être ignorants et bêtes. Elle n'était pas encore femmina. Mais Efisia lui avait tout expliqué. Rosalia leur jura que ce n'était pas vrai. Elle répéta plusieurs fois :

— Nous saignerons, oui. Mais pour avoir des enfants si nous le voulons un jour.

Bouche bée, Claudia et Silvia cessèrent net de cancaner. Claudia devint sérieuse,

— Et tu l'as crue, Efisia, toi ?

— Bien sûr que je l'ai crue !

Alors Claudia leva les bras au ciel et murmura :

— Sant' Efisio, priez pour la pauvre âme !

Puis, d'un air supérieur, elle se mit à insinuer des choses.

— Des rumeurs étranges circulent sur Efisia, tu n'es pas au courant ? Nos mères, nos tantes, nos grandes sœurs et nos cousines filent, tissent et brodent la laine, le lin, la soie. Mais personne ne les voit parcourir les champs au printemps ni errer la nuit en convoquant les fées lumineuses près des dolmens. Efisia si. Et elle est vêtue d'un voile plus fin que l'hostie.

Comme si ce n'était pas assez pour que Rosalia doute de sa bonne parole, elle ajouta :

— Quand les femmes se lèvent en pleine nuit, c'est pour faire le pain, se soulager ou accoucher. Efisia, elle, personne ne sait ce qu'elle fabrique la nuit.

Silvia ne voulut pas être en reste. Elle la nargua à son tour.

— Peut-être qu'Efisia rejoint les fées lumineuses dans leurs cavernes la nuit ? Mais elles, au moins, elles ont un métier à tisser en or, des tamis d'argent et un trésor de perles et de diamants.

Rosalia resta muette un moment devant tant de médisances. Puis elle retira ses chaussettes blanches. Elle allait les faire baver de jalousie. Les bouches rouges et luisantes des copines se turent aussitôt. Elles venaient de découvrir les ongles de pied nacrés de pourpre de Rosalia.

— Même à la droguerie on n'en trouve pas des comme ça ! s'extasièrent-elles, envieuses.

Puis, remises de leur stupeur, elles réclamèrent le vernis à cor et à cri.

— Seulement si vous vous excusez, imposa Rosalia, intransigeante, sans leur avouer qu'il s'agissait d'extrait de murex.

C'était sa façon à elle de prendre la défense d'Efisia.

— Tout ce que tu voudras ! sifflèrent les copines aussi métalliquement que les cigales dans le maquis.

Alors, jouant de son pouvoir, Rosalia les força à s'agenouiller sur les rails qui striaient les voies de la mine désaffectée. Ils étaient rugueux et froids, même en plein été. Elle les fit compter jusqu'à deux cents à toute vitesse. Puis, quand elles furent hors d'haleine, elle les obligea à passer leurs langues entre ses orteils. À lécher le vernis murex sur ses ongles de pied. Claudia et Silvia s'exécutèrent. Rosalia tenait sa revanche. Elle n'en dit rien à Efisia car il ne faisait aucun doute qu'elle se serait mise dans une colère noire. Elle lui aurait interdit d'aller dans la mine après l'école. Elle lui aurait interdit de revoir ses copines. Plus douloureux encore, elle lui aurait interdit l'accès à son atelier. Au milieu des fuseaux et du métier à tisser, elle ne lui aurait plus montré les gestes pour carder, filer, tisser la laine, le chanvre ou le lin.

Efisia et Rosalia s'en allaient à la crique par tous les temps. Lorsque le mistral soufflait, lorsque l'écume giclait par paquets au large, elles y étaient à l'abri, nichées dans le creux de la falaise argentée. Dans le lagon, les vagues s'avançaient en de longs sautoirs. Elles ne risquaient pas de leur faire boire la tasse.

Après qu'elles avaient déplié les nattes de plage, enlevé leurs jupes, Efisia poussait Rosalia à venir avec elle dans l'eau. Mais une petite moue assombrissait les traits de la gamine. Elle n'insistait pas. Rosalia embrasserait sa destinée à l'instinct ou pas du tout. Elle la laissait jouer avec le sable blanc et doux. Rosalia le faisait glisser entre ses doigts avant de s'y étendre de tout son long. Elle le ramenait avec ses bras par paquets sur son corps. Elle poussait des cris d'oiseaux au contact des grains chauds et dorés sur son ventre. Quand elle en était recouverte jusqu'au cou, elle ouvrait grand ses yeux sur le ciel. C'était une bâche bleue tendue. Elle rêvassait jusqu'à ce qu'elle sente les pattes d'une bestiole fourmiller sur elle. Elle se levait alors d'un bond en criant :

— Au secours Efi, pas comme le Luigi !

Elle s'ébrouait comme un cabri. Elle filait tremper ses pieds. Efisia, sous l'eau désormais que son sang s'était enfin tari, se pressait un peu. Elle ne voulait pas laisser Rosalia seule sur la plage trop longtemps. Elle caressait les grandes nacres, vigoureuses et fières, à quelques mètres de profondeur. Elle inspectait leurs byssus, elle allait en reconnaissance. Chaque fois qu'elle émergeait du lagon bleu, elle trouvait Rosalia assise au milieu de coquillages qu'elle alignait à la queue leu leu. Elle faisait pareil avec les escargots dans le jardin à l'automne. Un matin, le courant fit dériver Efisia et, quand elle remonta à la surface, elle se rendit compte qu'elle était bien en retrait de la plage. Elle vit Rosalia scruter le lagon émeraude. Elle la vit l'attendre en pleurant. Alors elle nagea vite. Les sanglots de l'enfant lui brisaient le cœur.

De nouveau dans son champ de vision, elle se redressa, les mains en porte-voix :

— Ma dragée ! Prends le panier, viens voir les étoiles de mer !

Reconnaissant la voix de sa grand-mère, Rosalia ne la quitta pas des yeux. Elle saisit le panier et s'aventura dans l'eau. Efisia vit ses pieds soulever des volutes de sable cuivré.

— Viens vite, il y en a partout ! l'encouragea-t-elle joyeusement.

Rosalia sentit les vagues grignoter son petit corps. Elle eut rapidement de l'eau jusqu'au menton. Bientôt, elle ne toucha le fond que grâce à ses gros orteils. Alors Efisia s'approcha d'elle, s'empara du panier, y déposa une longue herbe.

— Regarde les étoiles, ma dragée !

Soulagée de l'avoir retrouvée, Rosalia voulut lui plaire. Elle pencha sa tête sous l'eau. Là-dessous, mille formes ondoyaient. Des poissons aux nageoires multicolores, des crevettes, des anémones et des étoiles de mer roses, et rouges aussi. Elle fut si stupéfaite qu'elle ouvrit la bouche. Elle but la tasse. Elle toussa, cracha, se racla la gorge mais cela ne l'empêcha pas de recommencer en gardant ses lèvres bien serrées.

Plus tard, Efisia et Rosalia se reposèrent, allongées sur le sable, offrant leurs corps au soleil qui les séchait doucement. Efisia s'empara de l'algue verte et l'examina.

— Qu'est-ce que c'est ? demanda Rosalia en clignant des yeux car des gouttes de mer salées perlaient à son front.

— Une posidonie. Elle protège les grandes nacres. Elle ne grandit que dans des eaux propres.

La petite l'interrogea :

— Tu les as vues les grandes nacres aujourd'hui ?

— Bien sûr ! s'écria Efisia gaiement.

— Tu m'emmèneras les voir un jour ? poursuivit Rosalia, excitée comme une puce.

— Tu dois savoir nager avant.

— Alors maintenant que je sais la prière Efi, apprends-moi vite ! ordonna-t-elle, frémissante d'impatience.

Lors des aubes lumineuses qui suivirent la demande de Rosalia ce printemps-là, Efisia lui enseigna patiemment les mouvements de nage. Au début, de l'eau transparente jusqu'à la taille, Rosalia trembla puis elle s'allongea comme elle l'aurait fait dans le sable nacré. Elle se mit à battre les flots de ses pieds et de ses mains à la manière d'un chien. Efisia lui montra comment retenir sa respiration. Rosalia l'imita. À bout de souffle, elle expira doucement par le nez, ridant la surface étale de la mer. Elle comprit vite comment sympathiser avec l'élément liquide.

Le matin où elle nagea la brasse après avoir lâché la main d'Efisia, celle-ci l'applaudit. Dans le lagon émeraude, Rosalia s'étonna que, à cinquante mètres du rivage, elles aient encore pied.

— C'est que la baie reste peu profonde sur des kilomètres, ma dragée.

Cela finit de la rassurer. Elle se laissa aller, frôlant le sable rosé de son ventre. Elle vit ses cheveux ondoyer comme un tapis de blé et les petites bulles d'air soufflées hors de ses poumons se perdre sous l'eau. Quand elle remonta à la surface, elle était radieuse. Elle avait vu des crabes rouges et noirs batailler devant elle.

— Efi, les grandes nacres maintenant, supplia-t-elle en affichant son plus beau sourire.

Alors les deux femmes pénétrèrent plus avant dans le lagon. Bientôt, leurs pieds ne touchèrent plus le fond, bientôt elles se glissèrent dans la mer miroir. Quand les premiers rayons du soleil scintillèrent au large, Rosalia s'écria :

— C'est de la poussière d'or !

Elles nagèrent encore. Des années de pratique avaient enseigné à Efisia à tout reconnaître, des déchirures de la côte à la courbe des anses. À hauteur du rocher Taureau qui fermait la baie, elle prit la main de Rosalia.

— Elles sont ici ! Dessous !

Les yeux brillants, la petite voulut plonger la première. Efisia la retint.

— Doucement. Suis-moi. Elles n'aiment pas être dérangées.

Elles se coulèrent dans les courants. De longues algues gluantes se faufilèrent entre leurs jambes. À trois mètres de profondeur, nichées sous un herbier de posidonies, les grandes nacres les attendaient.

Les jours et les semaines qui suivirent, Rosalia ne cessa de réclamer d'aller les voir. Elles l'avaient envoûtée.

Rosalia n'avait pas encore eu la chance de voir Efisia tisser le fil de soie marin devant elle. Un jour elle découvrit de longs filets rouges coulant sur ses cuisses, elle courut jusqu'à l'atelier, fière d'annoncer la nouvelle. Efisia sursauta très fort à l'irruption de la jeune fille, puis elle dissimula sous des toiles de lin colorées la tapisserie dorée à laquelle elle travaillait depuis l'hiver. Elle se leva de l'établi et prit Rosalia dans ses bras. Elle la serra fort.

— Te voilà femmina !

Elle ne put s'empêcher de lui dire doucement, solennellement, que ses règles viendraient tous les mois pour qu'elle devienne mère un jour si elle le désirait. Elle ajouta :

— Ces jours-là, nous, femmina, on ne descend pas dans la mer.

Puis elle poursuivit :

— Maintenant, ma dragée, tu as le droit de tisser la soie marine.

Rosalia vit Efisia ressortir la tapisserie et s'emparer du long fil d'or. Elle la vit lisser amoureusement le fil de ses doigts avant de l'enfiler dans le chas de l'aiguille. Puis Efisia se remit à broder ostensiblement, sans plus rien cacher, en entonnant une mélopée que Rosalia reconnut tout de suite. C'était la prière à la mer. Elle resta hypnotisée un temps et, petit à petit, les choses se remirent en place dans son esprit. Son baptême. La prière à la mer. Le fil de l'eau qui devient fil de soie et tisse les étoffes précieuses destinées autrefois aux seuls rois.

Le lendemain, Rosalia devenue femmina, ouvrit la porte de l'atelier pour rejoindre Efisia. L'obscurité qui régnait à l'intérieur la stupéfia. Un instant, la lumière crue du soleil lustra les icônes des saints accrochées au mur. Elle s'approcha d'Efisia, occupée à épousseter les coquilles rose clair de la Pittifatta. Au contact de l'air depuis une centaine d'années, leurs pigments s'étaient atténués. Mais elles faisaient toujours de l'effet sur les jeunes enfants de l'île qui venaient visiter l'atelier. Ils entraient en communion avec l'esprit du lieu sans que leurs institutrices ne les rappellent à l'ordre. Instinctivement, ils cessaient de se chamailler, ils chuchotaient, les yeux écarquillés, la bouche ouverte. Les grandes nacres, solennelles, les impressionnaient.

— Te voilà ma dragée, viens t'installer à l'établi ! Je vais allumer la lampe, on y verra plus clair.

L'atelier, c'est comme les grottes des fées lutines, il y fait frais et sombre mais il y brûle un feu sacré.

Rosalia ferma la porte derrière elle et les nacres lui parurent deux sentinelles montant la garde auprès d'un trésor inaliénable. Efisia, en grande prêtresse, avait enfilé sa longue tunique blanche ponctuée de griffons ailés sous sa blouse aux boutons nacrés. Rosalia la vit se diriger vers un grand coffre au fond de l'atelier, soulever à deux mains un lourd couvercle et revenir vers elle, des touffes de filaments noirs plein les bras, qui lui semblèrent avoir été arrachées à la chevelure épaisse de femmes brunes.

Rosalia s'approcha de l'établi au milieu de l'atelier. C'était un bric-à-brac de pinces, de fils de chanvre, de lin, de soie, d'images saintes, et de chutes de tapisseries.

Les deux femmes s'assirent l'une à côté de l'autre. Efisia saisit une touffe de byssus d'une main et une pince à épiler de l'autre. Minutieusement, elle retirait un à un les grains d'impuretés incrustés dans les filaments rêches. Certains lui résistaient, serrés dans l'enchevêtrement des fibres. Efisia s'y reprenait le nombre de fois nécessaire pour les désincruster puis s'attaquait à un autre grain avec autant d'entrain. Une heure s'écoula ainsi.

— Efi, tu as une patience d'ange, osa dire Rosalia, j'aurais eu le temps d'aller à la crique et de revenir !

— Tout le monde court après le temps aujourd'hui. Alors qu'il suffit d'être là, droit et silencieux, pour l'avoir à soi. À ton tour, ma dragée !

Efisia rapprocha la lampe loupe des yeux de Rosalia et la regarda faire. Les doigts de la gamine couraient, fins et agiles, autour du filament de byssus. Ils ne connaissaient pas encore les crises d'arthrose contre lesquelles Efisia luttait à coups de marrons au fond de son lit sous le gros édredon quand les douleurs étaient trop vives. De son pouce et de son index, elle pressait sur la pince quand elle distinguait un grain de sable, un débris de coques, de petits vers séchés prisonniers du byssus. Plusieurs fois, sa pince à épiler resta plantée dans les fils rêches. Elle ne pesta pas contre ses doigts manquant de force pour extraire les impuretés. Elle s'y reprit avec zèle et, tout en pinçant fort :

— Tu le trouves comment Arias, Efi ?

— Comment je le trouve ? C'est quoi cette question, ma dragée ?

— Il est gentil et il est toujours de bonne humeur. Il te plaît ?

— *Basta* avec ces questions ! Ton esprit erre loin d'ici, reviens, reviens !

— Pas du tout, Efi, il erre pas, il s'intéresse à toi, je veux dire, Arias s'intéresse à toi. Les copines me l'ont dit à la mine : « Arias, il est amoureux d'Efisia et ça date pas d'aujourd'hui. » Alors ?

— Alors quoi ?

— Il te plaît ou il te plaît pas ?

— Arias, il est là, c'est tout. Il fait partie de l'île comme les grandes nacres sont au fond de l'eau, comme la tour défensive est à la sortie du village, il est là comme le byssus qui file entre nos doigts. Tu ferais mieux de te concentrer, je te le dis !

— Et le docteur, tu le trouves comment le docteur ?

— Quoi le docteur ? Je l'ai appelé les rares fois où tu as été malade, Dieu merci c'est fini, tu vas mieux maintenant. Allez, ça suffit ma dragée.

Ayant deviné le jeu de Rosalia, elle se leva, agacée.

— Qui te met ces bizarreries dans la tête ? Moi j'ai mes nacres à soigner, mes fils de soie à tisser et j'en ai pour jusqu'à la nuit des temps. Et puis je t'ai toi, même si tu n'es pas toujours un cadeau. Arrête de divaguer, tu me fatigues, je vais me faire un café, tiens.

Efisia délaissa l'établi, soucieuse, et alla dans le réduit au fond de l'atelier. Dix minutes plus tard, Rosalia entendit le piston de la cafetière siffler et la forte odeur de café se répandit partout. Elle alla la rejoindre et leva ses yeux bleus vers sa grand-mère tout en agrippant sa blouse iodée. Efisia passa la main sur ses cheveux blonds comme les blés. Le gentil fantôme du Zingaru n'était jamais loin d'elles.

Tentative après tentative, Efisia avait réussi à rendre les touffes de byssus plus élastiques et le fil destiné au tissage parfaitement lisse. Certains filaments, toutefois, ne blondissent jamais. Ils restent bruns ou noirs comme leurs couleurs originelles dans les fonds marins. Elle chargeait Rosalia de les déceler au milieu des touffes sèches. « Je vais chercher, j'ai de bons yeux », opinait la petite, honorée qu'Efi lui confie cette tâche. Elle s'astreignait à trier les filaments un à un. Ardemment et des heures d'affilée, comme lorsqu'elle enlevait toutes les impuretés des byssus. Elle soustrayait les fibres récalcitrantes aux houppettes mordorées avec un air concentré. Efisia se réjouissait de voir qu'elle s'emparait de ce travail délicat avec opiniâtreté.

Un jour où Efisia brassait les lourds amalgames de byssus dans les bassines, Rosalia osa demander la permission de prendre la louche. Efi secoua la tête.

— Trop tôt, ma dragée.

Une heure plus tard, devant l'insistance de Rosalia, elle la laissa faire. La petite fut si reconnaissante qu'elle n'en fit pas gicler une goutte par terre. Efisia était émue de voir à quel point elle y mettait de l'amour et de la patience. Les jus de citron avaient remplacé l'urine de vache qui levait tant le cœur de sa mère Anna.

Un matin, Efisia annonça à Rosalia qu'elles délaisseraient l'atelier pour une excursion jusqu'à l'étang. En mai et juin, les flamants rose migraient dans les eaux peu salines pour se reproduire. Ils arrivaient d'Afrique, venaient nicher et pondre leurs œufs dans leur île. Quelques semaines plus tard, un poussin tout gris cassait sa coquille et venait au jour.

— Pourquoi gris, Efi ? s'étonna Rosalia.

— Ce n'est qu'à l'âge adulte que les flamants deviennent roses, quand ils peuvent se nourrir de larves et de crevettes riches en carotène.

En chapeaux de paille et chemises blanches à manches longues, Rosalia et Efisia descendirent, bras dessus, bras dessous, jusqu'à l'arrêt de bus du village.

À dix heures du matin, le soleil se réverbérait contre les murs chaulés. Derrière les persiennes tirées, les voisines commères se demandèrent quelles intrigantes entreprises ces deux-là étaient encore en train de mener. Calées sur des chaises bancales à l'osier éventré, elles en jacasseraient sur les seuils le soir, à l'heure bleue chargée de brise marine qui éventait leurs intérieurs truffés d'odeurs.

— V'là qu'elle l'a initiée la petite, je les ai entendues marmonner des litanies dans l'atelier.

— Comme si on en avait pas assez d'une !

Et une troisième :

— Et la Anna, hein la Anna, vous croyez pas qu'elle pourrait revenir la chercher la petite maintenant qu'elle est plus malade, maintenant qu'elle a grandi, qu'elle a forci, toute en nichons et en cul rondelet ?

— Mais qu'est-ce que vous croyez, les interrompait une quatrième, la Anna, elle se la coule douce à l'étranger avec son pilote de mari.

— Comment tu sais ça, toi ? reprirent les autres, les orbites élargies.

— Muettes d'accord, sinon, *pfff* !

La commère savante tira sa langue et, avec l'index et le majeur, elle fit le signe des ciseaux, puis reprit d'un filet de voix :

— C'est Arias qui m'raconte, il entend tous les potins lui au cours de sa tournée, même ceux du Continent.

Rosalia, le front collé à la vitre fraîche de l'autobus, observait les ruelles ponctuées de lauriers-roses qui défilaient sous ses yeux. Les commerçants qui ouvraient leurs boutiques, boucherie, boulangerie, mercerie, teinturerie, hélaient le chauffeur du bus qui klaxonnait en écho. Elle pensa que, dès qu'elle quittait l'atelier, dès qu'elle s'aventurait en dehors de la crique, un autre monde existait, fait de couleurs, de lumières et de vie bruyante. L'autobus quitta les rues pleines d'ornières pour emprunter une grande route asphaltée. Soudain, le véhicule freina d'un coup sec et les deux femmes entendirent un bruit sourd. Rosalia baissa la vitre, se pencha au-dehors et Efisia vit une gerbe de vomi éclabousser l'asphalte.

— Ma dragée, qu'est-ce qui t'arrive ? s'inquiéta-t-elle, un mouchoir tendu vers Rosalia dès que la petite se fut assise, blême et les yeux emplis de pleurs.

— Efi, on a roulé sur un renard.

Le bus dépassa ce qui restait d'une masse disloquée de pattes, de chair et de poils. Efisia prit la main de Rosalia dans la sienne et tenta de lui changer les idées. Elle lui parla de la belle journée qui les attendait. La veille, elle avait retrouvé un vieux panier en osier. Elle l'avait lavé dans une eau savonneuse et l'avait fait sécher à l'atelier toute la nuit. Le matin, pendant que Rosalia dormait encore, elle avait cuisiné ses plats préférés. Elle était allée rechercher le panier, avait revêtu l'intérieur d'une fine nappe en lin sur laquelle des flamants roses s'ébattaient entre deux feuilles de palmes sous un ciel enflammé. Elle ne confierait jamais à Rosalia combien d'heures il lui avait fallu pour venir à bout de cette tapisserie. Plus d'heures encore que pour celle qu'elle avait apportée au recteur autrefois. Elle avait déposé des calamars dans un saladier vert, des artichauts bouillis dans la coquille perlée de la grande nacre de la Pittifatta et des gâteaux au miel. Et bien sûr quelques figues de Barbarie.

Au-dessus de l'étang, le ciel était d'un bleu majestueux et les vols en arc-en-ciel des flamants roses firent oublier l'incident. Quand Efisia étendit la nappe de lin au milieu des herbes folles qui bordaient l'étang, Rosalia se mit aussitôt à quatre pattes pour être au plus près des trames. Elle passa ses doigts sur les feuilles de palmes, elle lissa les ailes faites d'étoffes des flamants roses, cela dura si longtemps qu'Efisia dut sortir les figues de Barbarie en premier pour que Rosalia finisse par relever la tête de la tapisserie et s'assoie pour déjeuner. Puis elles savourèrent les plats en ne détachant pas le regard de l'étang d'où s'envolaient à intervalles réguliers les grands échassiers roses.

Après le repas, Efisia proposa de rentrer à pied à travers les champs. Pour les teintures du byssus, elle était friande de buis, de myrtes, de genévriers, des fruits rouges des arbousiers. De tout ce que la nature pouvait offrir pourvu que ce soit coloré. Rosalia raffola de cette escapade et elle oublia tout à fait le renard. Elle courait tout son saoul devant Efisia. Parfois elle s'arrêtait net et, de loin, elle lui montrait une plante à l'allure hérissée, s'apprêtant à la toucher. Efisia accourait alors à toute vitesse, le cœur dans la gorge.

— Regarde si elle a des poils, ma dragée, s'époumonait-elle, soulagée une fois seulement qu'elle avait le nez dessus et qu'elle les voyait dépasser.

— Les plantes mortelles n'en ont pas, elles ! lâchait-elle dans un souffle.

Ainsi, Rosalia apprit à écarter les baies fatales de la glu, l'aconit bigarré, la petite ciguë.

De retour dans l'atelier, Efisia et Rosalia broyèrent les plantes récoltées lors de l'escapade champêtre. Elles les hachaient, les pilaient toutes fraîches ou bien les faisaient sécher avant de les concasser en poudre. Elles réduisaient aussi les petits bois en sciures ou en copeaux. Efisia procédait seule à la macération, à la décoction et à la fermentation selon les espèces. Rosalia s'émerveillait des longs processus de transformation des fleurs et des plantes dans les bassines. Elle s'étonnait qu'au bout de deux, dix ou trente jours, du noir jaillisse des écorces du grenadier, du jaune de l'immortelle et que les baies des lentisques colorent ses doigts de marron. Efisia diluait ensuite les liquides dans des fioles que Rosalia s'amusait à classer selon leurs couleurs. Elle y jouait pendant des heures tandis qu'Efisia détrempait des toiles de coton, de lin, de chanvre et de soie dans des amalgames teintés avant de les suspendre aux poutres de l'atelier. Une fois qu'elles étaient sèches et lustrées, la petite jouait à cache-cache derrière les étoffes. Depuis son établi ou son métier à tisser, Efisia la surveillait du coin de l'œil. La joie inondait son cœur.

Un matin, Rosalia ne put détacher son regard des mains d'Efisia, occupées à briser une coquille de murex, toute en spirales. Elle était comme ensorcelée, ses doigts immobiles le long de ses jambes, même si des mouches vertes et luisantes, attirées par l'odeur nauséabonde, bourdonnaient autour. Tout à coup, les glandes palpitèrent sur le ciment de la cour. Sous les rayons du soleil, Rosalia les vit passer progressivement du jaune au vert, du vert au bleu et du bleu au violet.

— D'où détiens-tu tous ces savoirs, Efi ? murmura-t-elle.

— De tâtonnements, d'expériences, évoqua Efisia, pensive. La première fois que j'ai remarqué que les murex étaient en période de fécondation, là où ils produisent plus de pourpre, c'était en pleine lunaison de mars, il y a des années. Tu n'étais pas encore arrivée sur l'île, ma dragée.

Rosalia comprit que tout n'était pas sortilèges. Elle aida Efisia à déposer les glandes encore frémissantes dans les jarres d'argile où elles macéreraient trois jours. Après, toutes deux les mettraient dans de grands chaudrons en plomb qu'elles déposeraient dans une fosse garnie de briques. Efisia l'avait creusée autrefois au fond du potager. Au bout de dix jours de cuisson, elles récolteraient le bain de teinture à l'aide de louches perforées qui retenaient les fragments du coquillage. Sous leurs yeux se déploieraient alors les couleurs des horizons qui sévissaient sous leurs cieux. Bleu azuré, rose tendre, rouge carmin, violet confinant au noir.

Des milliers de poussières d'or passèrent sur l'île, sur les ruelles étroites, sur les maisons basses, sur les seuils aux marches irrégulières. Bientôt, Rosalia dut quitter l'école de l'île. Décidée à en apprendre plus sur la mer et ses vivants, elle partit étudier la biologie marine à l'université, sur le Continent. Chaque dimanche soir, quand elle prenait le bateau navette, son cœur se serrait. Peu à peu, elle apprit à se détacher d'Efisia, de l'atelier, de la crique, des falaises d'or et d'argent qui harponnaient son regard à chacun de ses départs. Tous les week-ends et toutes les vacances, elle se faisait une joie de retrouver sa terre. Mais, si Rosalia avait dû résumer ces années-là, elle aurait dit que le plus dur n'avait pas été les allers-retours. Non, le sacrifice le plus douloureux avait résidé ailleurs.

Au cours de la dernière année d'études, l'université organisa un concours pour participer à une mission de conservation et de préservation des grandes nacres. Il était dirigé par un éminent biologiste marin. Rosalia ne redouta pas le test de compréhension orale en français et en anglais. Les sonorités étrangères qu'elle avait entendues résonner dans le musée depuis qu'elle était gamine avaient tatoué les langues en elle. Elle était beaucoup moins compétente en histologie des invertébrés. Aussi, elle voulut mettre toutes les chances de son côté. Pendant les vacances qui précédèrent la sélection, elle étudia la nuit et jusqu'au petit matin. À l'heure où l'aube pointait, où le ciel étirait des brumes rosées, Rosalia entendait la porte de la chambre d'Efisia grincer, même si celle-ci redoublait d'attention pour ne pas la déranger. Elle écartait les rideaux blancs brodés de la fenêtre de sa chambre. Elle la voyait disparaître au bout de la ruelle sombre. Elle poussait un long soupir. Elle l'enviait.

Efisia s'en allait voir les grandes nacres. Bientôt, elle distinguerait la clarté stupéfiante du jour poindre sur le pont romain. Elle humerait le maquis odorant de genévriers et de myrte. Elle se laisserait effleurer les mollets par les dentelles jaune d'or des euphorbes. Là-bas, à leur crique, la mer et l'horizon d'un même bleu profond se confondraient.

Ce fut un crève-cœur pour Rosalia mais son sacrifice en valut la peine et elle fut sélectionnée. Elle allait aller plonger dans d'autres eaux cristallines aux côtés de biologistes marins, fraîchement diplômés comme elle. Ils étaient originaires de tous les pays où les nacres peuplent encore les fonds marins. Rosalia eut le sentiment d'appartenir à une grande famille. L'équipe était tendue vers la même cause : préserver l'espèce coûte que coûte. À présent que les saisons n'étaient plus ce qu'elles étaient du temps de la Pittifatta, ni même du temps d'Efisia, les majestueuses nacres étaient en péril.

Rosalia partit au mois d'avril. Elle était fière. Pourtant, quand elle prononça son discours de présentation à la Fondation Prince Albert II de Monaco, dans l'écrin de verdure entouré de pinèdes et de lauriers-roses de la Villa Girasole, l'île et Efisia lui manquaient déjà.

Alors, après les plongées et les conférences qui occupaient ses journées, elle tenait la nostalgie à distance en évoquant sa grand-mère. Elle faisait briller les yeux de ses camarades quand elle décrivait la pugnacité d'Efisia à descendre dans la mer. À s'immerger plus de cent fois sans masque ni tuba pour récolter le byssus. Elle précisait que, une fois lavés, les trois cents grammes de filaments se réduisaient à trente grammes et ne donnaient que vingt mètres de fil de soie de mer, et tous voulaient la connaître. Chez eux, les femmes tissaient le lin, le chanvre, la laine, la soie, mais pas le fil de soie marin.

Le professeur français qui dirigeait la mission avait un certain âge mais les années n'avaient pas entamé sa passion. À chaque plongée, il était enthousiaste comme lors de sa toute première fois, à vingt ans.

— Elles sont fabuleuses ces grandes nacres ! Elles résistent ici, s'écriait-il à peine remonté à la surface de l'eau, le détendeur du tuba encore en bouche.

Plus tard, dans la salle de projection de la fondation, il montrait, photos à l'appui, que les bivalves ne sont pas tous fichés à la même hauteur dans le sable. Selon l'hydrodynamisme des aires marines, précisait-il, les jeunes nacres s'enfoncent de cinq à dix mètres de profondeur, les plus âgées à plus de cinquante mètres. Elles se déplacent lentement grâce à leur byssus agrippé aux grains de sable du fond marin. Quand il remarquait les yeux cligner par intermittence, il concluait, en rappelant que les Romains en utilisaient les filaments pour tisser des vêtements, des gants, des sacs.

Les plongées répétitives essoraient l'énergie des jeunes biologistes ; celle de Rosalia aussi, bien qu'elle fût aguerrie. Le soir, elle ne rêvait que de s'étendre sur son lit, de dormir pour faire passer les courbatures sans avoir oublié de pousser les marrons bien au fond de son lit avec ses pieds. Les mois à venir allaient être intenses. Elle participerait au recensement des grandes nacres, sur les côtes espagnoles, dans la réserve marine de Scandola en Corse et dans les bouches de Kotor au Monténégro. Elle devait garder des forces.

Sur l'île, Efisia attendait. Après l'annonce de la sélection de Rosalia, elle avait ressenti un coup de poing au creux de son estomac. Sa dragée allait partir loin, longtemps, la laisser seule. Un grand vide était entré en elle. Les jours passant, elle s'était avoué qu'elle exagérait. Elle n'était qu'une vieille égoïste. Puis son chagrin s'était dissipé à l'idée que plus Rosalia en saurait sur les grandes nacres, plus elle serait armée pour les défendre sur l'île à son retour.

Efisia s'enrhuma et fut bientôt secouée par des quintes de toux. Elle recommença à se faire du souci avant même que mai ne touche à sa fin. Si elle ne se remettait pas, que se passerait-il en l'absence de Rosalia sur l'île ? Ces dernières années, Efisia ne plongeait plus sans elle, c'était ensemble qu'elles allaient en expédition de reconnaissance examiner les grandes nacres.

Les jours s'écoulèrent sans qu'Efisia ne se débarrasse de sa toux. La nuit, elle l'empêchait même de respirer normalement. Inquiète, elle décida de faire venir le docteur. Il l'ausculta et fut catégorique. Il lui interdit de sortir. Il s'informa de ce qu'elle mangeait.

— Deux ou trois bricoles.

Ses sourcils broussailleux se rejoignirent. Il prit un air distant et ordonna :

— Vous croyez que vous allez vous refaire une santé comme ça, Efisia ?

Sa voix la glaça. Elle lui jura qu'elle allait prendre soin d'elle. Elle ne voulait pas gâcher sa petite chance d'aller mieux. Elle tenait à descendre dans la mer avec Rosalia à son retour. Elle allait rester bien sagement à la maison à l'attendre et tisser le fil de byssus comme elle le faisait tous les hivers. Voilà ce qu'elle allait faire.

Une semaine durant, le vent enfla. Une nuit, les rafales cinglantes harcelèrent les ruelles et firent gémir les volets des maisons. Efisia ne dormit pas. Quand les éléments se déchaînaient hors saison, ses pensées l'emmenaient, impitoyables, à la crique. Là-bas, au-dessus des vagues, elle pariait que les papillons d'écume s'en donnaient à cœur joie.

En fin de matinée, la tempête cessa brusquement, telle une bête lassée de sa proie. Dans l'atelier, Efisia fut surprise par le silence étrangement assourdissant, comme si tous ces soubresauts n'avaient jamais existé. Elle regarda par la fenêtre. Le citronnier et le châtaignier avaient perdu des feuilles. L'après-midi, elle entendit Arias crier son prénom de la rue.

— Efi, du courrier pour toi !

Dorénavant, les lettres qu'elle recevait ne provenaient que de Rosalia. Son cœur fit des bonds dans sa poitrine. Elle courut comme une gamine jusqu'à la porte de l'atelier et en oublia le métier à tisser qui dépassait dans l'encoignure de la fenêtre. Rosalia et elle l'y avaient poussé avant son départ, pour qu'elle voie plus nettement les mailles à la lumière naturelle. Elle se cogna la hanche et fut projetée au sol sans avoir le temps de crier. Sur le coup, elle ne comprit pas bien ce qui lui arrivait. Elle resta prostrée au milieu de vieux fils de byssus oubliés. Elle divagua, crut tour à tour voir le géant à la langue de feu, entendre les bêlements des brebis ailées au dard venimeux et aux dents acérées.

Arias la héla de nouveau mais aucun son ne sortit de sa gorge. Au bout de quelques minutes, il poussa la lourde porte. Dès qu'il l'aperçut par terre, il lâcha sa sacoche débordant de lettres. Il courut vers elle, anxieux. L'aida à se relever. La soutint quand elle essaya de marcher. Efisia comprit qu'elle s'était cassé ou tordu la cheville.

Arias la prit dans ses bras vigoureux et la porta jusqu'au fauteuil en bougonnant.

— Tu dois allumer la lampe quand le ciel est noir, Efi.

Il fut plus attentionné ensuite. Il proposa de la masser puis de prévenir le docteur. Elle fit non de la tête. En revanche, elle lui indiqua le baume anti-contusion dans l'armoire à pharmacie. Les doigts d'Arias sur la cheville d'Efisia furent aussi légers qu'une gaze. Elle se détendit. Quand il vit qu'elle avait retrouvé ses esprits, il sortit une enveloppe de sa sacoche et la lui tendit avant de repartir.

— Elle ne t'oublie pas la petite, là-bas !

Efisia ne dit rien. Elle attendit patiemment que son cœur batte moins vite. Tant que les palpitations l'envahissaient jusqu'à la gorge, elle ne pouvait savourer les mots de Rosalia. Elle prit de longues inspirations comme avant de descendre dans la mer. Petit à petit, son cœur retrouva un rythme normal. Alors elle décacheta la lettre et la lut.

Elle fut surprise d'apprendre que certaines grandes nacres peuvent vivre si profond dans la mer. Ce n'était pas le cas dans les eaux émeraude de l'île. C'était heureux sinon elle n'aurait jamais pu les approcher et le serment prêté à la Pittifatta serait resté vain. Voilà, c'était reparti. Chaque fois qu'elle était inactive, les images de sa vie se mettaient à tourner comme une rosette en papier montée sur une tige d'asphodèle. Elle poursuivit sa lecture. Elle savait que les Anciens utilisaient déjà les filaments du byssus des grandes nacres pour tisser la Toison d'Or, la chasuble de saint Yves toute brodée de griffons, les vêtements soyeux de l'équipage du *Nautilus* ou encore la cape nuptiale de Maria Pia de Savoie lors de ses noces avec le roi du Portugal. Ce n'était pas à elle que le grand professeur allait apprendre ça !

Efisia était encore plongée dans sa lecture quand le docteur pénétra dans l'atelier. Elle s'emporta.

— Demain je crierai sur Arias !

Il l'en défendit : le pauvre facteur s'était senti coupable de l'avoir appelée de la rue. Elle se calma, se laissa ausculter puis bander la cheville.

— Vous avez eu de la chance, Efisia ! Vous auriez pu vous casser la jambe, le bras ou les deux.

— Vous êtes pessimiste vous ! rétorqua-t-elle à brûle-pourpoint.

Il rit. Elle avait pardonné à Arias. Avant de partir, il lui recommanda de nouveau la plus grande tranquillité.

— Plus de bêtises maintenant, vous n'avez pas le choix !

Efisia acquiesça sagement. Il prit sa tension, fit une petite moue. Il lui demanda si elle toussait toujours.

— De moins en moins, dit-elle sans le regarder.

À l'institut océanographique de l'université de Valence, le temps était venu pour l'équipe de Rosalia de confronter ses observations avec celles de ses homologues espagnols. On était au milieu du mois d'avril, pourtant la chaleur était étouffante comme en plein été. Toutes les salles de l'université étaient climatisées mais, dès que Rosalia en sortait, en fin d'après-midi, la fournaise rôdait comme un animal prédateur attendant de lui sauter à la gorge. Avec ses camarades chercheuses, elles traversaient les ruelles de la vieille ville en transpirant à grosses gouttes. La sueur coulait en rigoles dans leurs dos, entre leurs seins, le long de leurs jambes. Leurs robes humides se plaquaient sur leurs peaux bronzées. Elles étaient plusieurs filles à avoir remisé leur soutien-gorge dans leur valise. Les hommes s'attardaient sur leurs poitrines laissées libres, certains sifflotaient l'air de rien. Leurs comportements puérils ramenaient Rosalia des années en arrière. Ils lui rappelaient les discussions qu'elle avait eues dans la mine désaffectée avec Claudia et Silvia sur les racontars des garçons. Était-ce possible que rien encore n'ait changé ?

En fin de soirée, l'air du large parvenait à se faufiler jusqu'aux placettes où Rosalia et ses amis s'attardaient, se goinfrant de tapas et de bières. Quand la nuit venait, ils ne pensaient plus à la chaleur. Ils refaisaient le monde. Javier faisait partie de la mission, il était espagnol, de Barcelone. Et comme aucun d'entre eux n'avait voyagé en Espagne avant, il se sentait l'âme d'un guide. Il leur offrait ses services de traduction simultanée. Depuis quelques jours, les filles disaient à Rosalia qu'il était amoureux d'elle.

Elle s'en rendit compte deux jours plus tard, au Musée océanographique. Javier avait voulu à tout prix accompagner Rosalia de salle en salle. Elle n'avait pas repoussé sa compagnie. Devant les aquariums géants, il l'avait attirée brusquement à lui par la taille avant de l'embrasser longuement dans le cou. Sa bouche était remontée sur sa joue et avait plaqué un baiser sur ses lèvres. Rosalia l'avait regardé, stupéfaite, avant de le repousser. Il la prenait au dépourvu. À dire la vérité, depuis qu'elle faisait partie du projet d'études, elle n'avait remarqué personne. Elle n'avait d'yeux que pour les grandes nacres. C'est ce qu'elle avait dit à Javier avant de lâcher sa main et de continuer à déambuler, seule, dans les allées.

Au début du mois de mai, l'équipe embarqua pour la réserve naturelle de Scandola en Corse. La traversée ne fut pas aussi belle qu'ils l'avaient imaginée. Tôt le matin, une brume de chaleur flottait au-dessus de la ville encore endormie. Les particules d'ozone stagnaient en attendant que le vent les dissipe. Naviguer enivrait Rosalia chaque fois davantage. Les traversées qu'elle découvrait en expédition n'avaient rien à voir avec l'escapade qu'offrait la navette de l'île longeant les falaises d'or et d'argent pour l'emmener à la ville universitaire. Là, les rivages s'estompaient à mesure que le bateau faisait route vers le large. Bientôt il n'y eut plus qu'elle et l'océan.

En pleine mer, des déchets plastique dérivaient à la merci des courants. Pas seulement en surface. En profondeur aussi. Tous les organismes marins allaient s'empoisonner en ingérant ces microparticules. Rosalia était sidérée. Accoudés au bastingage, les jeunes biologistes tendirent leur index dans toutes les directions. La colère monta vite dans leur cœur, une colère indicible. Hébétés, ils restèrent longtemps à observer le poumon marin qui s'asphyxie jour après jour.

Ce fut à Girolata, à l'entrée de la réserve naturelle de Scandola, qu'ils firent escale. En apercevant les lumières fauves qui floutaient les roches volcaniques au moment où ils ancrèrent dans les eaux de la presqu'île, le cœur de Rosalia chavira.

Elle eut presque l'impression d'être rentrée chez elle. Peut-être à cause de l'érosion marine et éolienne qui sculptait le paysage comme dans son île. L'îlot du Palazzu surgissant des eaux, tel un poing fermé dont seul le pouce serait levé, lui parut surnaturel, comme tout droit sorti d'une épopée homérique. Elle vit s'ébattre dans les airs brassés d'effluves résineux des balbuzards pêcheurs, des aigles royaux, des cormorans huppés et des faucons pèlerins.

Pendant la veillée, les scientifiques de la mission apprirent aux jeunes biologistes que l'or rouge, comme l'appelait Efisia, était protégé depuis plus de trente ans dans la réserve naturelle. Il atteignait des tailles rarement observées à de faibles profondeurs.

Dans ces eaux aussi bleues que celles de son île, Rosalia eut la chance d'assister à une ponte. L'équipe nageait près d'une grande nacre au moment où elle expulsa un ruban gélatineux orangé. Ce dernier se désagrégea ensuite en libérant progressivement ses œufs dans l'eau pure. On aurait dit qu'il pleuvinait des grains de sable ocre dans la mer. Le grand professeur affirma qu'ils s'étaient trouvés au bon endroit, au bon moment.

— Le hasard a bien fait les choses. Il favorise aussi les esprits préparés.

Pensive, Rosalia lui sourit, mais c'était à Efisia qu'elle souriait. À elle seule. « Quand on respire un art dans une famille, il arrive qu'on devienne cet art-là », chuchotait Efi dans l'atelier tout en tissant sur son vieux métier mécanique. L'olivier avait servi à en fabriquer les pieds et le laurier-rose au bois vénéneux, le battant. Efisia tissait dessus sans relâche, glissant de temps en temps un œil sur Rosalia qui réorganisait inlassablement les fioles de couleurs. C'était devenu un jeu entre elles. La petite composait l'arc-en-ciel de ses rêves en attendant qu'Efisia dise : « Arrête de t'agiter comme ça, ma dragée. J'ai compris. Demain je t'emmène les voir ! »

Après la ponte, le professeur débordait d'enthousiasme. Lors de son dernier passage, deux ans plus tôt, à son grand désespoir, les fonds de la réserve étaient jonchés de nacres brunâtres mortes. C'était devenu un champ de coquilles vides, là où, auparavant, elles se dressaient à la verticale tels des menhirs miniatures. En plein mois d'octobre, la température de la mer atteignait encore vingt degrés à quarante mètres de profondeur, où elle est en principe seulement de treize ou quatorze degrés. Les jeunes chercheurs durent le faire répéter.

— Le responsable est un parasite, l'*Haplosporidium pinnae*, qui décime quatre-vingt pour cent des populations de grandes nacres, expliqua-t-il. Ce protozoaire parasite infecte leur système digestif et les nacres ne peuvent plus s'alimenter. Alors elles meurent, au milieu de ses deux valves qui gisent sur les fonds. Le parasite a d'abord été identifié au sud de l'Espagne, puis a proliféré sur toutes les côtes méditerranéennes.

Le professeur semblait certain de la responsabilité du changement climatique dans l'apparition de cette épidémie. Il fut pessimiste. Il déclara que, dans un avenir très proche, le processus de réchauffement des eaux de la Méditerranée pourrait générer de nombreux germes, virus et parasites en dormance, qui affecteraient d'autres espèces marines.

Malgré l'excitation des plongées et des recherches, Rosalia avait souvent le vague à l'âme. Elle s'endormait en se demandant si les derniers pétales des genêts et des asphodèles attendraient son retour.

Sur l'île, la tempête avait rapporté du sable d'Afrique. Une fine poussière ocre recouvrait les paysages. Un matin, Efisia entendit le pas d'Arias résonner dans le couloir de la maison. Dorénavant il ne criait plus son prénom de la ruelle. Il ne voulait pas être la cause d'une nouvelle chute. Il était aux petits soins avec elle comme autrefois après le départ du Zingaru. Il aidait Efisia à ramasser les fils de soie marins noirs qui traînaient sur les tommettes, ceux qui résistent aux décoctions de plantes tinctoriales. Il replaçait les chaises et les tabourets autour de l'établi. Il nettoyait une bassine, allait la mettre à sécher sur le pas de la porte. De retour de sa tournée, il ouvrait grand sa sacoche et laissait Efisia y plonger la main pour deviner ce qu'il avait récolté, tantôt des tomates, des mûres ou des figues de Barbarie.

Ce matin-là, le pas d'Arias était lourd et maladroit. Efisia s'étonna. Le facteur était habitué à grimper d'une démarche alerte des sentiers pentus tout hérissés de pierres traîtresses jusqu'à la corniche. Même avec sa sacoche débordant de lettres.

Arias apparut dans la cuisine où Efisia était assise à la table, occupée à prendre son petit-déjeuner. Malgré sa cheville bandée, elle avait réussi à sautiller d'une chaise à l'autre. À sortir un bol, une cuillère, du pain et du beurre des placards. Elle avait posé la cafetière sur le bec du brûleur en s'appuyant contre l'étagère. Elle avait attendu qu'elle siffle puis avait éteint le gaz.

Arias portait sa sacoche en bandoulière et s'essayait à marcher avec des béquilles.

— Le docteur m'a ordonné de te les apporter avant de commencer ma tournée, s'excusa-t-il immédiatement en voyant le regard noir qu'elle lui décochait.

Efisia ne voulait pas de béquilles. Elle s'était débrouillée sans jusque-là. Au docteur, elle avait tu son autre cheville qui la faisait souffrir. Arias toussota. Il avança d'un pas, recula de deux, décontenancé. Il se sentait ridicule devant elle.

Alors il finit par délaisser sa sacoche et les béquilles contre le mur. Il s'attendait à ce qu'Efisia s'enflamme : « Remballe tes cannes, Arias, ou bien sers-t'en sur les raidillons de la corniche, toi non plus, tu n'es plus tout jeune ! » Mais elle ne dit rien. Elle continua de boire son café à petites gorgées rapides. Soudain il perçut une lueur dans son regard. Alors il osa s'approcher de la table. Elle lui indiqua le placard de la main. Il l'ouvrit. Il prit une tasse qu'elle lui remplit et il s'assit en face d'elle. Ils apprécièrent leurs cafés en silence. Au bout d'un temps, il se leva.

— J'y vais, Efi.

Joignant le geste à la parole, il s'apprêta à reprendre les béquilles.

— N'oublie pas ta sacoche. Elles, laisse-les ici pour l'instant !

Il lui lança un coup d'œil. Décidément, il ne la comprendrait jamais.

Le 10 juin, Rosalia et l'équipe avaient remonté l'Adriatique et ancraient dans la baie de Kotor. C'était un bijou de nature intacte. Les grandes nacres s'y trouvaient à l'abri. La pêche n'y était pas encore foisonnante et les mouillages restaient limités. Les tombants collinaires s'abîmaient dans le fjord, apportant de l'eau douce et des sels minéraux qui favorisaient le développement d'une plante marine dont les grandes nacres raffolaient autant que les posidonies pour leur croissance.

Dans l'aire marine préservée des bouches de Kotor, le professeur chargea les jeunes de la mission d'installer les filières de pleine eau. C'étaient des cordages en nylon sur lesquels étaient installés des collecteurs larvaires à intervalles d'un mètre. Rosalia pensa que, lorsqu'elle en parlerait à Efisia, celle-ci s'imaginerait un outil sophistiqué alors qu'il n'en était rien. Les collecteurs étaient de simples sacs à oignons ou à oranges dans lesquels on entassait pêle-mêle des bouts de vieux filets de pêche. Les mailles enchevêtrées offraient ainsi aux larves des grandes nacres des points de fixation.

Les biologistes marins évoluèrent aux côtés de plongeurs monténégrins. Ils les guidaient vers les zones protégées qu'ils connaissaient depuis l'enfance. Avec eux, Rosalia se sentit suffisamment en sécurité pour descendre jusqu'à vingt mètres de profondeur et fixer sa filière à un pneu bétonné. À l'automne suivant, elle aurait la chance de venir la relever et d'observer le comportement des nacres juvéniles dans les aquariums du laboratoire. À l'abri de leurs prédateurs, elles auraient tout le temps de développer les épines sur leurs coquilles. Rosalia les nourrirait de phytoplancton et étudierait leur rythme de croissance. Le professeur leur avait expliqué qu'elles grandissaient parfois mieux ainsi et plus vite que dans la mer. Quoi qu'il en soit, elles seraient toutes réimplantées en zone littorale après leur passage en laboratoire.

Était-ce l'ivresse des profondeurs ? Tout cela excitait Rosalia démesurément. Quand elle plongeait profond, la lumière intense parvenait encore à percer. Elle ancrait sa filière et restait à explorer la faune et la flore marine. Au bout d'un moment, la pensée de l'équipe l'attendant à bord du bateau l'incitait à remonter par paliers. Mais en se délectant de tout ce qui était dessous.

Ce fut dans ces eaux-là, aussi cristallines que celles de son île, que le cœur de Rosalia s'emballa. Son corps vacilla au contact de la main d'un homme dans la sienne. Son regard s'accrocha à deux autres yeux et brilla plus bleu. Est-ce que Rosalia sut lui murmurer : « Attends, attends, Tomas, je dois te dire, j'ai prêté serment » ?

Rosalia n'avait remarqué le jeune biologiste croate qu'après deux semaines de cohabitation sur le bateau. Les grandes nacres l'accaparaient tout entière depuis le début de l'expédition. Tomas avait de larges épaules et un torse vigoureux sous la combinaison de plongée. Ses cheveux blonds étaient coupé court. Son regard clair pétillait. Rosalia sentit son cœur palpiter plus vite quand il l'aida à accrocher sa bouteille d'oxygène. À force de plonger, elle avait les bras engourdis et de plus en plus de mal à la fixer seule dans son dos. Ils s'assirent sur le rebord du canot, mais avant de basculer en arrière, Rosalia saisit la main de Tomas. Elle la retourna, déplia ses doigts pour libérer sa paume et la scruta. Elle vit sa ligne de la chance remonter vers son annulaire, le doigt du soleil. C'était signe de générosité. En aurait-elle la preuve bientôt ? Ils se renversèrent en arrière, d'un même mouvement. Sous l'eau, Tomas lui faisait des grands signes chaque fois qu'ils surnageaient un herbier de posidonies. Il en écarta certaines pour lui laisser entrapercevoir les jeunes nacres à la coquille translucide. Au bout d'une heure d'exploration, ils remontèrent, exténués et heureux de les avoir vues évoluer par centaines. Le débriefing à bord expédié, ils s'en allèrent à la réception de l'hôtel où toute la mission logeait. Dans le vaste hall, ils attendirent les clefs de leurs chambres. À la vue des petites flaques qui se formaient sur le sol en marbre autour de leurs chaussons de plongée, Rosalia et Tomas se regardèrent avant de rire comme des enfants. Dans le couloir qui menait aux chambres, Tomas l'enlaça. Leurs deux combinaisons se frottèrent, puis ils s'embrassèrent longtemps avec toute la fougue de la jeunesse. Dans la chambre, ils firent couler un bain et jouèrent à se déshabiller. Chacun ôtait du corps de l'autre un bras, une jambe de néoprène, qui les séparait de la peau nue et chaude.

Ils riaient toujours. Tomas pesta contre la combinaison ajustée de Rosalia. Elle, elle aurait bien arraché sa fermeture éclair qui n'arrêtait pas de se coincer. Dans la baignoire blanche de bain moussant, ils poursuivirent le jeu. Plus tard, Rosalia prit la main de Tomas dans la sienne et l'attira jusqu'au lit. Le jeune homme la caressa longuement. Il déposa de petits baisers dans son cou, sur ses épaules, son ventre, ses jambes. Quand il se cala au creux de sa toison, les heures crépusculaires filèrent. Efisia avait prévenu Rosalia le jour où elle était devenue femmina.

— Ma dragée, tu le reconnaîtras, l'homme généreux et amoureux de la femmina.

Tout le village se tint sur les seuils jusqu'à la nuit noire. Les langues vipères des voisines commères sifflèrent :

— La faute à Arias, c'est lui qui a apporté les béquilles.

Efisia n'attendit pas d'être sèche pour aller le déculpabiliser. Du sable encore collé à ses cheveux défaits, le bas de sa jupe détrempée, elle cria à tue-tête :

— Arias n'y est pour rien ! en béquillant de porte à porte.

Le matin où le facteur était arrivé dans sa cuisine avec les béquilles, Efisia s'était bel et bien retenue de s'emporter par égard pour son ami fidèle. Car enfin, si elle ne l'avait pas aimé comme elle avait aimé le Zingaru, elle savait qu'il avait toujours eu un faible pour elle. Ce matin-là, au début, elle avait refusé les béquilles d'emblée. Pour qui le docteur la prenait-il ? « Efisia, ne bougez pas ! Efisia, il faut être sage ! » Il la barbait à l'infantiliser à chacune de ses visites. Et puis, en buvant son café, la folle idée avait germé dans sa tête. Les béquilles la narguaient, il n'en fallait pas plus pour la tenter. Avec elles, elle avait entraperçu le moyen d'aller jusqu'à la crique. Elle ignorait si elle aurait la force de descendre dans la mer. Mais, au moins, elle se serait rapprochée de ses grandes nacres.

Efisia ne s'éclipsa pas en pleine obscurité comme au temps du Zingaru. Ses yeux ne lui permettaient plus ce genre d'aventures. Et puis elle craignait les apparitions des fantômes. Elle avait cru voir celui de la Pittifatta une nuit. Même si elle savait qu'elle pouvait compter sur les fées devenant lumineuses aux abords des temples nuragiques. Autrefois c'était toujours à la sortie des ronces qu'Efisia les retrouvait, quand elles scintillaient pour lui éviter les piqûres démangeantes.

Elle préféra attendre l'aube pour s'aventurer avec ses béquilles et son plus beau châle en fil de soie marin. Dehors, la lumière naissante en raviva les franges. Elle longea les ruelles bleutées. Elle fit attention de ne pas faire résonner la pointe des béquilles sur les pavés rosés. Il lui fallut du temps pour rejoindre la grand-route. Elle s'arrêta plusieurs fois, à bout de souffle. Elle mit une heure à franchir le pont romain, à contourner la tour défensive. Après elle serpenta comme elle put à travers les dunes. Ses béquilles étaient devenues très lourdes à soulever. Elles s'enfonçaient dans le sable meuble. Mais comme elle entendait le doux ressac tout près, elle garda courage. Quand Efisia arriva enfin à la crique, la mer et l'horizon du même bleu s'y confondaient. Elle fit un dernier effort pour parcourir la distance qui la séparait du sable mouillé. Puis elle s'affala, exténuée. L'air iodé exacerba ses sens. Elle ne sut jamais dire combien de temps elle resta à écouter les vagues jouer au dé avec les galets. Deux heures, trois heures, plus peut-être. Hébétée de bonheur, elle se revit avec Rosalia lors des aubes lumineuses qui avaient suivi sa demande : « Apprends-moi à nager, Efi ! »

Plus tard, elle sentit un souffle chaud sur ses lèvres et reconnut la voix d'Arias. Il ramassa ses béquilles à moitié enfouies dans le sable, la chargea sur son dos et la ramena chez elle. Dans la pénombre de sa chambre, elle comprit que son petit bain de mer du bout des pieds aurait pu mal se terminer. Si Arias n'avait pas eu du courrier à livrer sur la corniche, il ne l'aurait pas découverte. Et elle serait morte, le corps desséché sous le soleil carnassier.

Elle lui fit jurer de ne rien dire au docteur. Non seulement Arias jura en fidèle ami, mais il eut la délicatesse de retirer tout le sable des béquilles et de les passer sous l'eau. Elles furent comme flambant neuves.

Une semaine après l'escapade à la crique, Efisia sentit un poids nouveau peser sur sa poitrine. Elle ressortit ses vieux remèdes. Des infusions à base de brassées d'orties, deux ou trois feuilles grimaçantes. Cette médication ne lui fit pas grand effet. Elle prit alors son mal en patience.

Ces jours-là, le ciel resta bas et plombé. La pluie crépita les murs chaulés. Pour tromper l'absence de Rosalia, Efisia allait à l'atelier. Elle délaissait les béquilles contre le mur puis sautillait jusqu'à son établi. Là, elle cardait, elle peignait et elle filait le byssus sans relâche. Elle pensait qu'elle avait remonté tant de houppes depuis qu'elle plongeait aux mois de mai et juin que, même si elle ne devait plus jamais descendre dans la mer, Rosalia et elle avaient du fil de soie marin à tisser pour plusieurs générations.

À présent, elle était consciente que ce n'était pas le fil le problème. C'étaient les grandes nacres. Chaque été, des yachts puissants venaient mouiller plus près de leurs herbiers, provoquant d'irréparables dommages avec leurs ancres métalliques. Les autorités locales ne leur avaient toujours pas délimité un périmètre où naviguer. Des plongeurs du dimanche, avides d'offrir les belles coquilles en souvenir à des amis, s'évertuaient à les arracher des fonds sablonneux en toute impunité et malgré la menace des amendes. Des touristes inciviques, tels une armée de criquets, saccageaient le maquis et les forêts de pins lors des longs week-ends printaniers. Arias lui avait décrit comment certaines anfractuosités de roches dans l'île prenaient des allures de décharge à ciel ouvert. Efisia était certaine qu'à la prochaine tempête, le ressac de la mer entraînerait les détritus jusqu'à ses nacres. Aussi, seule dans l'atelier, elle se surprenait à entonner la prière de la mer plus souvent qu'autrefois. Et même quand elle ne tissait pas le byssus. Car elle souhaitait ne jamais voir le jour où plus aucune émotion devant le merveilleux de la nature n'étreindrait les hommes.

Au milieu de l'après-midi, Efisia devait allumer la lampe. Elle avait trop peur de mélanger les fils de soie marin qu'elle avait teints avec Rosalia l'été passé. Elle ne voulait pas se tromper de couleur, ni abîmer le motif esquissé.

Un jour, elle n'entendit pas Arias arriver. Quand il déboula dans son atelier, elle vit qu'il avait le souffle court. Elle aurait mis sa main à couper qu'il avait hâté sa tournée pour venir la surveiller. Il lui proposa de faire quelques pas dehors. Il l'assura que la pluie avait cessé. Il le savait. Il revenait de la crevasse rocailleuse où le soleil n'épargne personne. Pas même les ânes. Ils sortirent dans le jardin inondé de lumière. Il faisait bon, presque chaud.

— L'été avance à pas de velours cette année, fit-elle à Arias pour dire quelque chose.

— L'important est qu'il avance, plaisanta-t-il, heureux de son bon mot.

Efisia lui demanda d'aller chercher deux verres et la bouteille d'eau-de-vie de myrte dans la cuisine. Il ne se fit pas prier car il sentait bien qu'elle était d'humeur à l'écouter. Efisia s'installa sous la pergola qui ployait sous les grappes de raisin encore vertes. Quand Arias revint, ils se versèrent à boire et bientôt l'alcool réchauffa leur cœur. Il évoqua leurs quinze ans, la fête de la Saint-Jean, les rubans d'étoffe écarlate entre leurs doigts déliés pour marquer les fleurs sur les buissons de bouillon-blanc, de thym et d'asphodèles. « Chut, Arias ! » fit Efisia doucement quand il osa : « J'étais le premier, Efi » et qu'il parla d'un baiser jamais donné.

— Les amours adolescentes sont contrariantes, rit-elle un peu fort à cause de l'alcool.

Pensif, Arias saisit la bouteille et leur resservit à boire. Si le docteur avait vu Efisia à ce moment de la journée, il aurait dit : « Efisia, ne me faites plus perdre mon temps. Allez au diable ! »

La semaine suivante, il passa pour enlever l'attelle à la cheville d'Efisia. Elle eut l'impression d'être née à nouveau. Tous les matins, elle se forçait à faire les exercices de rééducation qu'il lui avait montrés. C'est qu'elle voulait marcher normalement aux côtés de Rosalia quand elle rentrerait. Efisia allait se dégourdir les jambes jusqu'à l'atelier. Il était chauffé au fer-blanc comme avant, la canicule était là. Des profondeurs marines, elle entendit les voix des grandes nacres ; un faible bruissement.

Le 19 juin, comme elle l'avait promis, Rosalia fut enfin de retour sur l'île. Tomas l'accompagnait. Au port, elle n'attendit pas le taxi. Elle voulut qu'ils empruntent la route ponctuée de figuiers de Barbarie, qu'ils traversent le pont romain avant de se faufiler dans les ruelles qui bordaient les maisons chaulées.

Ce fut de dos que Rosalia aperçut Efisia. Sa frêle silhouette s'affairait à arracher une herbe rebelle devant l'atelier. Elle avait natté ses cheveux en une longue tresse d'où s'échappaient des mèches argent. Un homme se tenait à ses côtés.

— C'est Arias bien sûr !

À quelques mètres d'elle, elle l'appela. Une seule fois, un long cri.

— Efi !

Efisia se tourna lentement au son de sa voix. Rosalia se mit à courir pour combler la distance qui les séparait encore. Muette d'émotion, elle saisit de ses mains bronzées celles d'Efisia, blanches et maigres. Leurs larmes se mêlèrent et brouillèrent leurs teints. Elles s'enlacèrent longtemps, dissimulant à Arias le trop-plein d'émotions.

Quand Efisia releva la tête et aperçut Tomas qui la dévisageait comme si elle était une grande professeure ou une déesse mythologique, elle demanda avant même le prénom du jeune homme :

— Quel métier veut-il faire celui-là ?

Désarçonnée par cette première question après deux mois et demi de séparation, Rosalia répondit :

— Tomas est guide plongeur, apnéiste et biologiste marin.

— C'est bien.

Manifestement soulagée, Efisia leur fit signe de rentrer dans la maison. Après les retrouvailles, elle ne cessa de trépigner. Elle avait décidé depuis longtemps que, une fois Rosalia rentrée, elles descendraient toutes les deux à la mer.

Pour des raisons intimes, Rosalia tint à la faire patienter. Elle s'inventa des activités, des copines à voir, des notes de la mission à réécrire. Le soir, elle faisait diversion en lançant des discussions autour des actions que Tomas et elle avaient menées pendant l'expédition. Même si Efisia était toujours passionnée dès qu'ils abordaient le sujet des grandes nacres, rien ne semblait pouvoir tempérer sa hâte. Aussi Rosalia dût la forcer à se souvenir.

— Efi, tu te rappelles le jour où j'ai couru jusqu'à l'atelier parce que de longs filets rouges coulaient sur mes cuisses ?

Efisia soupira.

— Tu as même ajouté : « Nous femmina, ces jours-là on ne descend pas dans la mer pour ne pas la souiller. » Tu te souviens maintenant ? Efi, je suis dans ces jours-là. J'attends mes règles pour aujourd'hui ou demain.

— Mais pourquoi tu souillerais la mer, toi avec ton sang, ma dragée ? Notre mer est tellement polluée maintenant !

Rosalia réprima un rire. Pour faire diversion, elle proposa à Efisia d'aller filer la soie marine dans l'atelier. Le soir, de retour de sa tournée, Arias s'arrêta et lui avoua :

— Elle n'en a plus pour longtemps, Rosalia. Elle a tenu jusque-là parce qu'elle savait que tu allais rentrer. C'est le docteur qui me l'a dit, elle n'en sait rien.

Le cœur de Rosalia tressaillit. Le lendemain matin, quand Efisia descendit de sa chambre à l'aube, Rosalia, qui n'avait pas dormi de la nuit, remarqua qu'elle avait revêtu le châle qu'elle portait le jour où elle l'avait initiée. Celui aux franges mordorées.

— Prends le tien aussi ma dragée ! fut tout ce qu'Efisia murmura.

Dans le jour naissant, Efisia et Rosalia longèrent les ruelles désertes, main dans la main. Sur la grand-route, le blanc des dernières fleurs d'amandier resplendissait. Elles franchirent le pont et ses pierres millénaires qui se descellent lentement. Elles contournèrent la tour défensive, se glissèrent entre les dunes. Dans le sable, Efisia s'appuya souvent au bras de Rosalia. Quand elles atteignirent la crique déserte, les falaises luisaient de rose et d'argent.

Sur la plage, Efisia la dépassa dans un sursaut d'effort qui ramena du rouge à ses joues. Elle tenait à la guider jusqu'au rivage comme le jour où elle l'avait initiée. Devant elles, la mer était bleu émeraude. Rosalia s'apprêta à y entraîner Efisia mais celle-ci l'arrêta d'un geste.

— Je n'ai pas besoin de descendre, ma dragée. Je sens les posidonies frôler mon corps. Je vois les grandes nacres respirer sous l'eau.

Puis elle murmura tout bas :

— Cela me suffit.

Elle glissa sa main dans la poche de sa jupe longue et desserra son poing. Au creux de sa peau, fripée par le sel, reposait un anneau en or. Elle le glissa au majeur de Rosalia. Il était étincelant.

— C'est le serment de tes fiançailles avec l'eau, ma dragée. Ainsi, tu promets de conserver notre art selon les rites que je t'ai transmis. Tu sais d'où tout cela vient. Combien il m'en a coûté d'amour, de patience et de sacrifices. Mais ton engagement devra surpasser le mien. Je te fais confiance. Tu as étudié, tu as toutes les connaissances.

Émue, Rosalia vit scintiller l'anneau à son doigt. Elle acquiesça et prêta serment. Puis elle enlaça Efisia face à l'immensité marine. Après la promesse, elle repensa un instant aux bouches de Kotor où elle avait laissé des filières en pleine eau. Allait-elle les laisser s'éloigner pour toujours ? Non, il n'en était pas question. Rosalia se sentit pleine d'une fougue et d'une audace nouvelles. Elle échapperait à la malédiction d'être née femme sur l'île.

Elle irait relever les filières là-bas, à l'automne, comme elle se l'était promis. Elle suivrait la croissance des nacres juvéniles en laboratoire, elle verrait leurs épines se développer sur leurs coquilles, elle les nourrirait de phytoplancton. Ainsi elle saurait à son tour répéter les gestes qui sauvegarderaient les grandes nacres. Toute sa vie, Rosalia avait entendu Efisia murmurer en tissant : « Ce n'est pas de mots que le fil de l'eau a besoin, mais de gestes. »

Rosalia entrevit toutes les actions qu'elle aurait à mener sur l'île. Créer une aire marine protégée pour les grandes nacres, éduquer les écoliers, dès leur plus jeune âge, à inventorier les bivalves, à les mesurer et à les marquer. Ainsi, ils les chériraient comme des trésors inaliénables de leur île. Elle devrait aussi protéger le lagon en interdisant aux plaisanciers d'y mouiller. Limiter les rejets polluants qui faisaient régresser les herbiers de posidonies. Rouvrir le petit musée du byssus qu'Efisia avait laissé péricliter ces dernières années. Amener les touristes vers une conscience plus aiguë de la conservation des biens matériels et immatériels de la planète. Et ce n'était que le début d'une longue liste.

Sur le chemin du retour, Efisia se mit à trembler comme les roseaux de la lagune les jours où le mistral les chahute. Soudain elle chancela. Rosalia ravala ses larmes. Elle passa un bras sous celui de sa grand-mère et la soutint du mieux qu'elle le put. C'était facile, elle ne pesait rien.

Bientôt, Efisia ne se leva plus pour manger. Rosalia lui apportait ses repas dans sa chambre. Elle repartait trop souvent avec le plateau plein vers la cuisine. Elle la veillait pendant ses siestes qui allongeaient. Quand Efisia se réveillait, elle voulait entendre sa dragée raconter encore et encore ce qu'elle avait appris sur les grandes nacres pendant sa mission. Alors Rosalia décrivait les inventaires des populations dans les champs marins, les observations sur leur densité et les prises de notes sous l'eau, sur des écritoires. En l'écoutant raconter les réserves naturelles de grandes nacres, les académiciens passionnés qui écrivaient des thèses sur l'art de tisser le byssus, Efisia agitait un peu la tête sur l'oreiller. Une fin d'après-midi, elle fut secouée de quintes de toux qui entravèrent rapidement sa respiration. Rosalia envoya immédiatement

Tomas chercher le docteur. Puis elle s'approcha d'elle, la gorge nouée. Elle lui donna la main, Efisia ne la lâcha plus.

Après la mort d'Efisia, Rosalia vit les jours se succéder les uns aux autres, vides de sens. Elle était accablée de chagrin. Au cimetière, pendant l'enterrement, des voisines commères vinrent faire leurs adieux à Efisia. Elles étreignirent aussi la petite mais sans la regarder dans les yeux. Quand elles se furent éloignées, Rosalia en entendit une chuinter.

— Paraît que… ventre qui pointe…

Une autre semaine passa. Le sang de Rosalia n'avait toujours pas coulé. Elle mit de l'ordre dans les affaires d'Efisia. C'était éprouvant. Dès qu'elle pénétrait dans l'atelier, elle la voyait partout. Debout, imprimant au fil de soie marin des torsions secrètes sur un fuseau de genévrier. Derrière son métier à tisser, rajustant ses lunettes loupes sur son nez quand une trame avait sauté. Ou montant la garde près d'une coquille de grande nacre, seule relique du temps de la Pittifatta. Elle retrouva la blouse bleue aux boutons de nacre qu'Efisia enfilait l'hiver lorsqu'elle cardait d'épaisses touffes de byssus de peur d'abîmer les franges mordorées de son châle. À hauteur de la poitrine, le tissu était incrusté de brisures de coquillage. Rosalia déboucha les fioles de couleur qui s'alignaient sur les étagères. Elle en fit couler un peu sur ses doigts. Elle ouvrit des tiroirs. Elle y vit des tapisseries, des étoffes, des broderies inachevées et, parmi elles, une robe de naissance brodée d'un *R* au fil d'or. Elle sourit. Elle repéra le coffre nacré qu'Efisia avait rangé sous un banc. Quand elle souleva le couvercle, les relents iodés des touffes de byssus attendant d'être tissées lui serrèrent le cœur. Elle y enfouit ses mains. Soudain, irrépressible, la prière à la mer lui mordit les lèvres.

Composition et mise en pages
Nord Compo à Villeneuve-d'Ascq

Cet ouvrage est imprimé sur du papier
issu de forêts gérées durablement.

CET OUVRAGE
A ÉTÉ ACHEVÉ D'IMPRIMER
SUR ROTO-PAGE
PAR L'IMPRIMERIE FLOCH
À MAYENNE EN JUILLET 2023

N° d'édition : 65959/01- N° d'impression : 102923
Dépôt légal : août 2023
Imprimé en France